Christian August Vulpius

Saffar König in Kumbaja

Ein Trauerspiel in 5 Aufz.

Christian August Vulpius

Saffar König in Kumbaja
Ein Trauerspiel in 5 Aufz.

ISBN/EAN: 9783743629127

Hergestellt in Europa, USA, Kanada, Australien, Japan

Cover: Foto ©Andreas Hilbeck / pixelio.de

Weitere Bücher finden Sie auf **www.hansebooks.com**

Saffar

König in Kambaja.

Ein

Trauerspiel

in fünf Aufzügen.

Grätz, 1796.

An die Leser.

Ich habe die Scene dieses Stücks in die Zeiten der glänzenden Epoche der Portugiesen in Indien verlegt; eine Epoche, in welcher Heroismus, Großmuth, Liebe, Stolz, der Denkungsart der Nation und des Zeitalters angemessen, Farben zu den auffallendsten Gemählden lieferten, wie aus der Geschichte bekannt ist. Der Geist der Ritterwelt belebte und veredelte damahls die Handlungen der kühnen Abentheuer, die über Meer gingen, Besitzungen erwarben, und sie zu behalten suchten. Dieses Trauerspiel soll ein Spiegel seyn, in welchem man die Sitten jener Zeiten erblickt, und konnte ebendeßwegen nicht so behandelt werden, wie ein Trauerspiel behandelt werden muß, in welchem Personen aus dem achtzehnten Jahrhundert auftreten. Daher erkläre man sich auch Don Rinaldo's Betragen in der Scene, wo er lieber selbst in sein Schwerdt fallen, als seinen Freund umbringen will, dem er nach damahligen ritterlichen Begriffen

A 2

die Erfüllung der Bitte nicht abschlagen konnte, ihn zu tödten, damit er von der Hand eines Edlen und nicht durch das Henkerschwerdt fiel. Ueberdieß gründet dieser Trait sich auf eine wahre Geschichte.

Portugiesen handeln in diesem Trauerspiele bey Völkern des Orients; ein König, sein Rath, eine Prinzeßinn ꝛc. unter dieser Zone, gegen Fremdlinge. — Es lag mir ob, die Contraste entschieden merklich zu machen; ob es mir gelungen ist, müssen Zuschauer entscheiden, deren Stimme entscheidend ist. Ob der Gang der Leidenschaften der ist, der er seyn soll, entscheide das Gefühl der Zuschauer. Behandlung des Sujets, Gang des Stücks, Schilderung damahliger Sitten, Kostum ꝛc. alles das, und noch mehr, wird seine Richter auch finden.

Der Ort der Scene, die Nation, von welcher die handelnden Personen sind, geben das Kostum in Ansehung der Trachten, deutlich genug an. Im Fall der Noth, verweise ich alle, denen daran gelegen ist, dieselben genau zu bestimmen, auf die Kupfer der ersten Bände der: Allgemeinen Historie aller Reisen zu Wasser und zu Lande. —

Genug als Vorrede zu einem Schauspiele! —

———————

Saffar

König in Kambaja.

————

Perſonen.

Gaffar, König in Kambaja.

Aſchraf Azaba, ſein erſter Rath und Vertrauter.

Zorabine, Prinzeſſinn von Gori.

Don Duarte Marques de Noronha, portugie=
ſiſcher Geſandter.

Donna Brianda Almeyda, Gräfinn von Abrantes.

Don Francesko de Saldonna.

Don Rinaldo de Souſa, } portugieſiſche
Don Gomaro Soarez, } Officiere.

Ein Derwiſch.

Khoja, } Anführer der königlichen Wachen.
Zofar, }

Portugieſiſche Officiere.

Weiber.

Gefolge.

Wachen.

(Die Scene iſt zu Kambaja. — Zeit, Mitte
des XVI. Jahrhunderts.)

Erster Aufzug.

Saffars Zimmer.

Erster Auftritt.

Saffar. Aschraf. Don Francesko.

Saffar erhebt sich von seinen Polstern.

Nun geh, Francesko! Sag Zorabinen alles,
was ich dir gesagt habe, wende deine eigene
Beredsamkeit an, und betreib das Geschäfft so eif-
rig, als wär' es dein eigenes. Ich hoffe alles
von dir und deinem mir so oft zugesicherten Dienst-
eifer. Stündlich erwarte ich den Gesandten deiner Nation. Wir mögen nun Frieden schließen,
oder nicht, so ziehst du friedlich, ohne Lösegeld,
oder sonst eine Erkenntlichkeit, mit ihm zurück;

und ich mache auf nichts von dir Anspruch, als auf deine Freundschaft, die ich, wie ich hoffe, verdiene, auch wenn du nicht mehr an meinem Hofe bist. Das einzige, was ich wünschte, ist, dein Schwerdt nicht wieder gegen meine Völker gezogen zu sehen; es hat starke Lücken in meinen Heeren gemacht. — — Bringe mir bald gewünschte Erklärung von Zorabinen.

Francesko (verläßt mit Zeichen tiefer Ehrer-biethung das Zimmer.)

Zweyter Auftritt.

Gaffar. Aschraf.

Gaffar. Er geht — sagt nicht ein Wort? — Ueberhaupt, schien er theils nachdenkend, theils bewegt zu seyn. Bemerktest du nichts?

Aschraf. Längst bemerkte ich schon zu viel.

Gaffar. Zu viel? —

Aschraf. O! das ich mich täuschte! Das ich falsch in in seiner Seele las!

Gaffar. Was sagst du?

Aschraf. Herr! warst du je wirklich über-zeugt, daß ich dir treu und redlich diente?

Gaffar. Wozu diese Frage?

Aschraf. Bist du es noch?

Gaffar (beynahe unwillig.) Aschraf, dein Fra-gen könnte deinen Herrn beleidigen, der dir von sei-ner Freundschaft oft so redende Beweise gab!

Aschraf. Darf ich reden? reden, wie ich denke? wie meine Pflicht es fordert?

Saffar. Deine Pflicht? — Ich wähnte stets, sie sey dir heilig, und berechtige dich, ohne Zurückhaltung mit mir zu sprechen. — Du hast Argwohn gegen Francesko?

Aschraf. Ich muß!

Saffar. Argwohn gegen den Mann, der, wie ich glaube, so gut wie du, meine Freundschaft zu schätzen weiß?

Aschraf. Er mißbraucht dein gränzenloses Zutrauen zu seiner Rechtschaffenheit.

Saffar (schnell.) Francesko!

Aschraf (mit Nachdruck.) Er, —

Saffar. Das thut er nicht! Dein Mißtrauen gegen ihn, weil er von der Nation unserer Feinde ist, führt dich irre.

Aschraf. O! daß es so wär'! Wie gern wollt' ich allem Mißtrauen auf ewig entsagen, wenn es nur dieß mahl mich irre führte!

Saffar (nachdenkend.) Aschraf! Spricht nicht Mißgunst, nicht Neid, keine unedle Empfindung aus dir?

Aschraf. Noch nie hat mich mein Herr unedler Empfindungen beschuldigt. Jetzt zum ersten Mahl!—

Saffar. Willst du dich nicht an das erinnern, was ich für Francesko gethan habe? Ich ließ ihn seiner Fesseln entledigen, zog ihn an meinen Hof, würdigte ihn meines Zutrauens, meiner Freundschaft sogar; gewöhnte mich an seinen Umgang so sehr, daß

es mir schwer fallen wird, ihn zu missen. Und doch
versprach ich ihm, mit dem Gesandten seiner Nation
ihn ziehen zu lassen; ich werde mein Versprechen er-
füllen. — Und nach allen dem, was ich für ihn that,
sollte er noch fähig seyn, verrätherisch an mir zu handeln? Nein! Du verkennst ihn. Edel schlägt auch
das Herz manches Portugiesen. Sie sind unsre Feinde, weil sie glauben, daß wir die ihrigen sind; sie
betrogen uns, weil sie glaubten, von uns betrogen
zu werden; aber müssen sie auch Verräther seyn,
wenn man sie mit Wohlthaten überhäuft? Und Francesko —

Aschraf. Seine Leidenschaft —

Saffar. Leidenschaft? (betroffen.) Rede! was
vermuthest du?

Aschraf. Das er Zoradinen liebt.

Saffar. Liebt?

Aschraf. Was ich, was mehrere als ich bemerk-
ten, entging nur deiner Bemerkung. — Sein Ta-
lent in der Mahlerey, die mächtige Täuschung, mit
welcher er dein Bild auf die Leinwand zauberte, be-
wog dich, ihn Zoradinen für dich mahlen zu lassen.
Du weißt, wie lange er mit Verfertigung dieses Bil-
des zubrachte. Es erforderte zweymahl mehr Zeit,
ihr Bild, als das deinige, zu vollenden. Was
verlängerte wohl die Zeit, als das süße Vergnügen,
um sie zu seyn? — Anfangs mahlte er in deiner
Gegenwart, zuletzt erhielt er Erlaubniß, sie auf ihrem Zimmer zu mahlen. Zwar waren Zeugen dabey,
aber dein Auge fehlte. Endlich war das langsame

Werk vollendet. Sie hätten sich nicht mehr sehen kön=
nen, aber sie verstanden sich schon. Zorabinens Nei=
gung, die Laute spielen zu lernen, wurde hervorge=
sucht —

Saffar (bestürzt.) Wär' es möglich?

Aschraf. So sagten seine Augen, wenn sie mit
den ihrigen sprachen. Diese stumme Sprache führt
ihre Redner nicht irre. — Jetzt schickst du ihn mit
Aufträgen ab, mit Vollmacht, wenn es erforder=
lich sey, auch sie allein zu sprechen. Ein er=
wünschter Befehl! (bitter halblachend.) Es wird ge=
wiß erforderlich seyn! — Er wird sich mündlich
erklären. — Vielleicht überdachte er, was er ihr in
eigenen Angelegenheiten sagen wollte, indeß du
ihm die Betreibung der deinigen ans Herz legtest.
Daher sein nachdenkendes Stillschweigen.

Saffar. Du vergiftest mein Herz mit Argwohn —

Aschraf. Ueberzeuge dich; was hindert dich?

Saffar. Sollte Zorabine ihn wieder lieben?
Deßhalb meine glänzenden Anträge ausschlagen?

Aschraf. Sie ist ein Weib! — Hindernisse be=
flügeln den Schritt der Liebe. Wie schmeichelhaft ist
es, diese gefährliche Klippe zu überfahren! wie lo=
ckend, prangt der schwer zu erringende Preis am Ziel!
der Betrug gilt einem Könige, die romantische
Liebe verzeiht ihn doppelt.

Saffar. Ich muß mich überzeugen! — Mein
Herz verstattet mir keinen Aufschub. Irrst du dich,
Aschraf, — so vergebe ich dir, doch bloß unter der
Bedingung, mich nie wieder mit mißtrauischen Ver=

muthungen zu quälen, bis du deiner Sache gewiß bist.— Wenn ich sie in zärtlicher Umarmung fänd! wenn ich die süßen Betheuerungen ihrer liebevollen Schwüre hörte! o! wenn es wahr wär, was du vermuthest!— Aschraf! du weißt nicht, wie sehr du mein Herz verwundet hast. Es blutet, von den giftigen Pfeilen des Argwohns getroffen, dessen ganzen Köcher du auf mich geleert hast. Soll denn immer dieser Feind der Ruhe im Kampfe mit Liebe, siegen! Ach! ich wünsche, daß du dich irrtest; ich zittre, mich zu überzeugen, daß ich mich irrte!

(ab, mit Aschraf.)

Dritter Auftritt.

Saal, mit Seitenthüren.

Khoja im Hintergrunde auf= und abgehend.
Francesko.

Francesko. Sag der Prinzessinn, daß ich auf Befehl des Königs mit ihr zu sprechen wünsche.

Khoja (mit einem scheelen Blick.) Auf Befehl des Königs?

Francesko (führt ihn ungeduldig nach einer Seitenthür.) Sag Zorabinen, was ich dir sagte.

Khoja (vor sich.) Der König, oder er hat Eil!
(geht in das Seitenzimmer.)

Francesko. Es sey gewagt! O! Liebe! ist es wahr, daß deiner Allgewalt Menschen wundervolle

Unternehmungen bankten, daß Glück die Gefähr=
tinn aller Gefahren ist, welche deine kühnen Schritte
umschwebt, so leite auch mich zu dem Ziele meiner
Wünsche! Vertrauend auf deine Wundermacht,
überlaß ich mich dir und deiner Leitung.

Vierter Auftritt.

Francesko. Zoradine. Khoja. Weiber.

Zoradine. Was bringt Francesko?

Francesko. Eine Bothschaft von unserm Kö=
nige.

Zoradine (setzt sich.) Rede!

Francesko. Zoradine, die Prinzessinn von Go=
ri, wurde von ihrem Bruder, dem Vasallen des
Königs, als Geisel heiliger Verträge und eines
ewig beständigen Friedens, während des Kriegs
mit den Portugiesen, auf des Königs Verlangen,
gegeben. Ihr Bruder brach seine Versprechungen,
verband sich mit den Portugiesen, ließ seine Völ=
ker zu den ihrigen stoßen, kämpfte gemeinschaft=
lich mit ihnen gegen die Armeen des Königs, und
verletzte seinen heiligen Eid. Der König rächte
die ihm angethane Schmach nicht, wie vielleicht
ein anderer gethan haben würde, an der edlen
Prinzessinn, die ihm zur Geisel gegeben wurde;
er behandelte sie eben so großmüthig, als ihr Bru=
der treulos an seinem Herrn handelte.

Zorabine. Ich erkenne und verehre dankbar seine königliche Huld —

Francesko. Er thut noch mehr. Er vergißt, daß sie die Schwester seines treulosen Vasallen ist, und biethet ihr seine Hand, seine Krone und den Rang seiner ersten Gemahlinn an. — Lange schon, so sagt der König durch mich, hätte die Prinzeßsinn Zorabine bemerken können, (Mienenspiel, seine eigene Leidenschaft ausdrückend.) daß er sie liebte, daß er den Besitz ihrer Liebe selbst der glänzenden Pracht eines Throns vorziehen würde. — Bemerkte sie das nicht?

Zorabine. Sie konnte es nicht bemerken, weil (beantwortendes Mienenspiel des seinigen.) ihr Herz einem andern gehörte.

Francesko. Diese Nachricht wird den König unglücklich machen!

Zorabine. Mich, seine Hand.

Francesko. Dieß ist die Antwort?

Zorabine. Ich kann dem König nie genug für die Gnade danken, mit welcher er mich behandelt hat. Ich bin gerührt von seiner Huld, ich weiß sie nie zu vergelten; — aber viel höher würd' ich seine Gnade schätzen, wollte er diesem Herzen keinen Zwang anthun. Sagt ihm das, edler Francesko! (steht auf) sagt es ihm mit eurer zauberischen Beredsamkeit, und seyd meines innigsten Dankes versichert. (Geht nach ihrem Zimmer.)

Francesko. Wollt ihr euch, und den Zustand eures Herzens, nicht näher entdecken?

Zoradine. Befahl der König euch, diese Frage an mich zu thun? (bedeutungsvoll, wegen der Umstehenden, in Miene und Ton.) Und glaubt ihr, ich werde das Geheimniß meines Herzens so öffentlich hingeben, wie den Wunsch nach einem frischen Blumenkranze?

Francesko. Ich habe Erlaubniß, in diesem Fall mit euch allein zu sprechen.

Zoradine. Mit mir allein?

Francesko (übergibt Khoja ein Papier.) Hier ist des Königs Befehl, uns allein zu lassen.

Khoja (verbeugt sich tief, als er das Papier erhält. Nachdem er gelesen hat, läßt er Weiber und Wache abtreten, und verläßt mit ihnen den Saal.)

Fünfter Auftritt.

Zoradine. Francesko.

Francesko (nach einer Pause, in welcher sie sich liebvoll und zärtlich ansehen.) Wir sind allein!

Zoradine. Habe ich deine Blicke verstanden?

Francesko. Wenn ich die deinigen verstehe.

Zoradine (eilt in seine Arme.) Francesko! —

Francesko. Zoradine! — O! seliger Augenblick, werde zu einer Ewigkeit, und ich bin unaussprechlich glücklich.

Zoradine. Glücklich? werden wir wohl glücklich werden?

Francesko. Gewiß!—Habe Muth und Hoffnung zu der Wundermacht der allesvermögenden Liebe.—Zum ersten Mahl dürfen meine Lippen dir sagen, was bisher meine Augen dir nur verstohlen gestehen dürften! zum ersten Mahl klopft dieß Herz an deinem Busen. Zoradine! das ist der Liebe Schlag!

Zoradine. Zum erster Mahl, daß ich in meinem Leben ihn empfinde. O! welche Seligkeit reift in den Freuden zärtlicher Empfindungen! und dieser wonnevolle Rausch sollte auf immer dauern?

Francesko. Ewig, ewig werde ich dich lieben! Ich werde dich besitzen, dich mein nennen.—

Zoradine. Täusche das liebende Mädchen nicht mit unmöglichen Verheißungen.—Ach! ich fühle es, daß ich die Unmöglichkeit, dich zu besitzen, nicht ertragen kann! Sterben kann ich, aber Trennung kann ich nie ertragen. Was ist Tod und Grab, gegen Trennung liebender Herzen?

Francesko. Der Gesandte meiner Nation wird stündlich hier erwartet. Mit ihm soll ich frey und ungehindert ziehen, hat der König mir versprochen. Ich werde dir diesen Abend noch männliche Kleider meiner Landestracht, nebst einer Strickleiter in dem Futterale deiner Laute verschlossen, zuschicken, welche du mir, unterm Vorwande sie zu stimmen, schicken wirst.—Ich will in deinem Nahmen jetzt den Könige einige Hoffnung geben. Betrage dich etwas gefälliger gegen ihn—aber nicht, wenn ich dabey bin.—

Zo=

Zorabine. Fürchteſt d u dabey zu verlieren?

Francesko (eine Art von Stolz nicht ganz un=
terdrückend.) Ich fürchte, mich nicht genug ver=
ſtellen zu können.

Zorabine. Nur fürchte nichts von meiner Liebe.
Ach! was zog mein Herz ſo allgewaltig zu dem
deinigen, ſeit dem erſten Augenblick, als ich dich
ſah?

Francesko. Liebe war es, die auch m e i n Herz
zu dem d e i n i g e zog. — Dein erſter, ſeelen=
voller Gegenblick, als ich ſtumm dir gegenüber ſaß,
dein liebevolles Bild auf die todte Leinwand zu zau=
bern, das ſo lebhaft vor mir ſtand, das ſo feſt in
mein Herz eingedrückt war — dieſer Blick! —
o! wie glücklich machte er mich! — damahls mach=
te ich das Lied in meiner Sprache, daß erſte, wel=
ches ich dir vorſäng. Du ſangſt Worte nach, de=
ren Sinn dir meine Blicke, deren Bedeutung dir
Liebe und Empfindung erklärten.

Zorabine. Könnte ich dir ſagen, was ich ſeit
jenem Augenblicke empfand, als dein Feuerblick in
mein Herz drang! wie es dir entgegen ſchlug, wenn
die ſelige Stunde unſers Wiederſehens kam; wie
ich jeden Pulsſchlag zählte, bis ich dich kommen
hörte; wie mein Herz deinen Blicken entgegen klopf=
te, wenn ich dich endlich ſah! — Wir hatten im=
mer Zeugen. Worte hörten ſie nicht, und unſre
Blicke konnten ſie nicht verſtehen. — Aber jetzt dür=
fen dieſe Lippen dich mein nennen! In deinen Ar=
men ſoll ich glücklich ſeyn? —

B

Francesko. Auf immer! — Ach! meine Zora=
dine!

Sechster Auftritt.

Vorige. Saffar. Aschraf treten unbemerkt ein.

Zorabine. Mein Francesko!

Francesko. Welche Seligkeit, dich in meinen
Armen zu wissen, dich entzückt an mein klopfendes
Herz zu drücken, wonnevolle Berauschung auf dei=
nen Lippen mit nimmersatten Zügen einzusaugen!

(küßt sie.)

Saffar (tritt herzu.) Das ist zu viel!

Zorabine. Gott! — der König!

Saffar. Elender, niederträchtiger Verräther!
(zieht den Säbel.) Und du zitterst nicht vor meiner
Wuth?

Francesko (gefaßt und stolz.) Ich fürchte den
Tod nicht, das wissen deine Krieger. Sterbe ich
von deiner Hand, so sterbe ich ohne Waffen, und
du hast einen Wehrlosen gemordet. — Gib mir
mein Schwerdt —

Saffar (wirft ihm den Säbel vor die Füße.)
Tödte, um das Maß deiner Schandthaten zu
füllen, deinen betrogenen Wohlthäter, dem du
durch deine Verrätherey so tiefe Wunden schlugst.
— Sklave! wie belohnst du deinen Herrn für seine
Großmuth? wie hast du ihm seine Liebe, sein Ver=
trauen so schändlich vergolten! bebst du nicht vor

beinem eigenen Lasterbilde zurück? Oder ist es so sehr Sitte bey euch, Wohlthaten mit Undank zu belohnen, daß die Scham so gern ihre heiligen Rechte über euch verliert? Du hast sie aus deinem Herzen vertrieben, und sie sucht nicht einmahl mehr Zuflucht auf deinen Wangen, so sehr verachtet dich diese Freundinn unverdorbener Seelen. — Was kannst du zu deiner Vertheidigung sagen?

Francesko. Ich liebe.

Gaffar. Schändlicher! du wagst es noch, mit diesem Worte meinen Zorn zu entflammen? — Verderben über dich und Zorabinen! — Wache!

Siebenter Auftritt.

Vorige. Khoja. Wache.

Gaffar. Ich schenkte dir mein ganzes Vertrauen; du nahmst es mit der dankbaren Miene eines Edlen, eines Freundes an, und betrogst mich mit den Geberden eines Heuchlers. Sag, ist es nicht schändlich?

Francesko. Habe ich dich an deine Feinde verrathen? habe ich dich um Geld und Schätze betrogen? suchte ich dich um deine Krone zu bringen? kam ein Gedanke von Aufruhr in meine Seele? suchte ich die Stärke und Schwäche deiner Heere und Festen zu erforschen?

Gaffar. Du hast mehr als das gethan, du hast mein Vertrauen gemißbraucht.

Francesko. Ich habe dich nicht um dein Ei=
genthum betrogen. — Zorabinens Herz war
nie in deiner Haft. Frey ist das Herz des Men=
schen, es kann ihm dieses Gut kein König rauben,
keine Ketten ihm anlegen; nur verschenkt, nur
willig kann es einem andern überlassen wer=
den. — Ist Liebe bey dir Verbrechen, so
sind wir strafbar. Aber schwächen wirst du unsre
Empfindungen nie. Wir lieben uns — wir können
sterben. Du bist König, du bist hier Herr, kannst
unumschränkt in deinem Gebiethe handeln, Gnade
ertheilen, Todesurtheile sprechen, und sie vollzie=
hen lassen, aber liebende Herzen zu trennen, da=
zu reicht deine Macht so wenig hin, als die Ge=
walt des größten Beherrschers der Erde.

Saffar (will sich faßen.) Und mein Auftrag?

Francesko. Er ist vollzogen. — Zorabine ver=
warf dein Anerbiethen —

Saffar (aufgebracht.) Zorabine! wer ist dein
Herr?

Zorabine (furchtsam.) Ich weiß, was ich dir
schuldig bin: die tiefste Dankbarkeit. (edel und mit
Gefühl.) Dankbar werde ich ewig deine Huld und
Gnade verehren — lieben kann ich dich nie.
Dieß Herz schlägt nur für Francesko. — (gefaßt.)
Deine Gemahlinn kann ich nicht werden —

Saffar. Fesseln!

Francesko (indem man ihn fesselt.) Wohl euch,
daß diese Hände nicht das bekannte Schwerdt füh=
ren.

Gaffar. Uebermüthiger! (außer sich.) Deine Kühnheit vergrößert deine und Zorabinens Strafe.

Zorabine (indem ihr Fesseln angelegt werden.) Fesselt diese Hände, mein Herz kann kein König mir in Fesseln schmieden lassen; nur die Liebe meines Francesko hat es gefesselt.

Achter Auftritt.

Vorige. Zofar.

Zofar. Herr! der Gesandte der Portugiesen ist angekommen.

Gaffar (zu Francesko.) Dieser richte über dich und dein Betragen. Ihm sey es überlassen, deine Strafe zu bestimmen. Mich sollst du keiner Ungerechtigkeit beschuldigen. — Führt sie in Verwahrung! — Undankbarkeit kennt keine Freunde; kein Freund entschuldige den Verräther seines Herrn.

ab, mit Aschraf.)

Zorabine. Francesko! (zeigt ihm ihre gefesselten Hände.) Dieß kettet mich auch an dich! Herz und Hand für dich allein in Fesseln. Und dein Herz ist mein?

Francesko. Ewig, in bessern Welten, dein!

Zorabine. Dieß tröstet mich!

Francesko. Liebe ist standhaft.

Zorabine. Standhaft bis in den Tod!

(Pantomime ihres Leidens und des verzögernden
Abschieds.)

Khoja (zur Wache.) Führt sie fort!

(Khoja umgibt mit einem Theil der Wache Francesko, Zofar, mit dem andern Theil der Wache, Zoradinen — und führen sie fort. Nahe an
den Thüren sehen sich Zoradine und Francesko mit Ausdruck nach einander um, und eilen
schnell auf einander zu.)

Zoradine. ⎫
Francesko. ⎭ Standhaft, bis in den Tod.

(umarmen sich.)

(Der Vorhang fällt während ihrer Umarmung.)

Zweyter Aufzug.

Audienzzimmer.

Erster Auftritt.

Gaffar fitzt unter einem prächtigen Baldachin auf
Polftern. Bey ihm ftebt ein Taburet, auf wel=
chem Schalen fteben. Er felbft hat eine lange To=
bakspfeife im Munde.
Afchraf ftebt dem König zur Rechten. Wachen
und Hofleute umgeben die Thüren und den
Thron.
Don Duarte fitzt ein Paar Schritte von dem
Throne linker Hand, auf einer Ottomanne. Hin=
ter ihm fteben Donna Brianda in männli=
cher portugiefifcher Tracht. Don Rinaldo.
Don Gomaro. Portugiefifche Officiere.

Gaffar.

Ich fchätze und ehre deinen König, als einen bil=
ligen und gerechten Mann, nach den Vorfchlägen,

die du mir in seinem Nahmen machst. Kömmst
du wirklich aus Portugall, ohne in Diu oder im
Fort gewesen zu seyn, welches ich dir glaube, weil
du mir es versicherst, ohne Theil an den Absichten
des raubsüchtigen Statthalters, deines Herrn, hier,
zu nehmen, so bist du mir um so mehr willkommen.

Duarte. Die Klagen über des Statthalters
Grausamkeiten, haben das Ohr meines Königs erreicht. Er billigt sein Betragen nicht.

Saffar. Er kann es nicht billigen, wenn er
nicht eben so denkt, wie sein habsüchtiger Diener.

Duarte. Dieß zu beweisen, muß ich dir sagen,
daß mein König mich gewürdigt hat, des Statthalters Stelle zu übernehmen, und ich habe Befehl
erhalten, ihn mit den zurückkehrenden Schiffen nach
Portugall zu schicken, wo sein Betragen untersucht
werden soll. Er wird bestraft werden.

Saffar. Seine Geldsucht hat unerhörte Grausamkeiten erzeugt. Er hat mit dem Nahmen deines Königs alle seine uneblen Absichten zu bede-
cken gesucht, er hat ihn beschimpft, und bey den
Völkern verhaßt gemacht. Wegen seines Privatin-
teresse haben viele brave Krieger ihr Leben verloren. Dieß alles kann deinem Könige nicht gleich-
giltig seyn.

Duarte. Ich weiß es, daß die Portugiesen zwar
mit großem Ruhm, aber auch mit beträchtlichem Ver-
luste gefochten haben. Ich habe daher frische Mann-
schaft mit mir gebracht. — Uebrigens hoffe ich,
daß, so lange ich Statthalter seyn werde, zwischen

uns ein ewiger Friede, Ruh und Freundſchaft wal-
ten ſoll.

Saffar. So ſey es! — Jetzt bitte ich dich,
dieſen Pallaſt als den deinigen anzuſehen, und hier
zu verweilen, bis wir die Puncte des Friedens und
unſre gegenſeitigen Forderungen, berichtiget haben.

Duarte. Ich bediene mich deines gnädigen Au-
erbiethens.

Saffar (ſteht auf, und winkt ſeinen Hofleuten, ſich
zu entfernen, welche bis auf Aſchraf und die Wachen
abgehen.) Laß es dir bey mir gefallen, und beſorge
nicht, daß irgend eine Bequemlichkeit dir fehlen
werde.

Duarte (ſteht auf und küßt ihm die Hand.) Ich
wünſche mich deiner Gnade würdig zu machen.

Saffar. Ich mich deiner Freundſchaft.

Duarte. Ich habe einen Sohn, der ſich unter
den Kriegern meiner Nation im Fort befindet.
Erlaube mir, daß ich ihn zu mir rufe. Schon ſeit
drey Jahren ſah ich ihn nicht. Länger kann ich
ſeines Anblicks nicht entbehren, da ich ihm ſo nahe
bin. Unſre Geſchäffte möchten ſich nicht ſobald be-
endigen laſſen, als ich ihn zu ſehen wünſche, und
das Vaterherz mahnt mich an die Sehnſucht, mit
welcher ich abreiſte, ihn zu umarmen.

Saffar. Er komme und genieße gleiche Rechte
mit ſeinem Vater. Er werde meiner Freundſchaft
ſo werth, als du durch dein edles, weiſes Betragen dich derſelben verſichert haſt. Ich werde mich
freuen, Zeuge des väterlichen Glücks zu ſeyn, deſ-
ſen auch mich der Himmel werth halten wolle.

Duarte. Gewiß! du wirst diese Freude nicht entbehren, die mit zum Glück so edler Männer gehört, wie ich dich gefunden habe. Schließe von der ungeduldigen Erwartung den Sohn zu sehen, auf die Liebe des Vaters zu ihm. Es ist mein einziges Kind. Eine Erbschaft von seinem Onkel legte ihm die Pflicht auf, dessen Nahmen zu führen. Der König hat erlaubt, da er der einzige meines Hauses ist, daß er seinen Rechten auf das Vermögen seines Onkels unbeschadet, von jetzt an seines Vaters Nahmen führen soll. Diese Nachricht wird ihm sehr angenehm seyn, aber noch mehr als diese, eine andere. Ich habe eine edle Portugiesinn mit mir gebracht. Reich, schön, und hohes Standes, wär sie berechtigt, Forderungen auf die angesehensten Verbindungen in unserm Reiche zu machen. Aber sie liebte längst meinen Sohn, und will ihm ihre Hand reichen. Ihre Familie hat endlich in diese Verbindung gewilligt, und ich werde meinen Sohn mit einer Nachricht überraschen, um deren Erfüllung ihn ganz Portugall beneiden muß.

Saffar. Mache ihm des Glücks so bald theilhaftig, als es dir möglich ist.

Duarte (gibt Somaro einen Brief.) Eile damit nach dem Fort, und mein Sohn beflügle seine Schritte, seinen Vater, seine Braut zu umarmen, die seiner Ankunft so sehnlich entgegen sehen.

(Somaro ab.)

Gaffar. Noch habe ich dir einen Fall vorzutragen, der sich vor einigen Stunden hier ereignet hat. Du sollst Schiedsrichter seyn zwischen mir und einem Portugiesen. In dem Treffen bey Belagerung des Forts Bandel, wurde unter andern ein junger Portugiese, hart verwundet, gefangen genommen. Ich ließ seine Wunden heilen, und nahm mich seiner mit vieler Sorgfalt an, weil sein Betragen mir gefiel. Ich löste seine Ketten, zog ihn an meinen Hof, würdigte ihn endlich sogar meiner Freundschaft und meines engsten Vertrauens. Diese Freundschaft, dieses Vertrauen, hat er schändlich gemißbraucht.

Duarte. Der Elende!

Gaffar. Zorabine, Prinzessinn von Gori, die ihr Bruder mir zur Geißel gab, die Waffen nicht gegen mich zu ergreifen, und doch sein Versprechen als treuloser Vasall brach, sich zu eurer Parthie schlug, und mich mit ihr, im Bunde des Statthalters, bekriegte, empfand nicht den Lohn der Treulosigkeit ihres Bruders.

Duarte. Edel und großmüthig handelte der König.

Gaffar. Ich hielt sie ihrem Stande gemäß, als wär nicht geschehen, was geschehen ist. — Ich both ihr meine Hand, meine Krone, und den Rang meiner ersten Gemahlinn an. Diese Bothschaft sollte ihr der treulose Portugiese bringen. Aber er sprach für sich, und nicht für mich.

Duarte. That er das?

Gaffar. Lange schon hatte er mit ihr ein gehei-
mes Verständniß unterhalten, und heute beredeten
sie sich, in deinem Gefolge zu entfliehen. — Würdest
du sie mit dir genommen haben?

Duarte. Nein!

Gaffar. Ich selbst überraschte sie — ich
selbst war Zeuge ihrer innigsten Vertraulichkeit,
gebaut auf Verrath gegen mich. — Sprich, was
verdiente der Mann, der alle meine Wohlthaten mir
so heimtückisch vergolten hat? der meine Freundschaft
mit so viel Hinterlist belohnte?

Duarte. Er war ein Undankbarer, ein Verräther seines Wohlthäters, er betrog seinen großmü-
thigen Herrn, — er verdient den Tod.

Gaffar. Dieß ist sein Urtheil?

Duarte. Dieß ist es.

Gaffar. Erwarte ihn hier, und kündige ihm das-
selbe selbst an. — Ich kann große Beleidigungen ver-
geben, aber Verrath gegen meine Freundschaft, gegen mein Herz, verzeih ich nicht so leicht. Denn wer
diese mißhandelt, beschimpft alles, worauf ich stolz
bin.   (ab, mit Aschraf.)

Zweyter Auftritt.

Don Duarte. Donna Brianda. Don Rinaldo. Officiere.

Duarte. Habt ihr gehört, Portugiesen, wie
ein Portugiese handelte? und bey solchen Handlun-

gen klagt man noch über Treulosigkeit dieser Völker, welchen man selbst uneble Beyspiele gibt! Dieß
schwächt unser Ansehen, unsere Ehre; dieß unter-
gräbt unsern Ruhm, und vernichtet das Zutrauen
auf unsere Rechtschaffenheit. — Wer er auch seyn
mag, der Niederträchtige, er verdient den Tod,
wär er auch des Statthalters Sohn selbst. — Ja,
wahrlich! wär er mein eigener Sohn, der König
sollte einen Beweis meiner Denkungsart erhalten.
(Geht umher.) Warum so still, schöne Brianda?

Brianda. Ich weiß nicht, welche sonderbare
Gefühle dieses Herz foltern!

Duarte. Die längst ersehnte, nahe Ankunft des
Geliebten —

Brianda. Ich bin nicht von allen Besorgnissen
frey. Wie? wenn sein Herz jetzt einer Andern gehörte?

Duarte. Noch war es frey, als ich seinen letzten
Brief erhielt — so schrieb er mir.

Brianda. Seit der Zeit verstrichen Monathe,
und die Liebe fürchtet Augenblicke.

Duarte. Donna Brianda hat nichts zu fürchten —

Brianda. Als was jedes Mädchen zu fürchten
hat. Seit drey Jahren sah er mich nicht. Damahls
war es eine Unmöglichkeit, mich zu besitzen. Ich
wurde in ein Kloster gesperrt, und er eilte voll Verzweiflung nach Indien. Die Zeit änderte die Gesinnungen meiner Verwandten, kann sie nicht auch die
seinigen geändert haben? die geglaubte Unmöglich-

krit; je meine Hand zu erhalten, kann mir sein Herz
geraubt haben. Vielleicht glaubt er mich vermählt,
hat einen andern, würdigen Gegenstand seiner Liebe
gefunden, und ich werde den Schritt bereuen, meinen Entschluß verwünschen, mich und mein Leben
den Wellen ungestümer Meere anvertraut zu haben.
— Ach! wenn es so weit mit mir käm!

Duarte. Weg mit diesen Schreckbildern! —
Wenn ich mir das Erstaunen meines Sohnes, sein
stummes, liebevolles Entzücken, denke, einen vielleicht aufgegebenen Wunsch so täuschungsvoll erfüllt
zu sehen! o! Brianda! es wird ein seliger Augenblick werden! ein Augenblick voll Wonne für ihn und
mich und dich! — Willst du ihn in diesen Kleidern
überraschen?

Brianda. Ich will sein Herz rathen lassen.

Duarte. Du wirst es nicht täuschen!

Dritter Auftritt.

Vorige. Saffar. Aschraf.

Saffar. Warum hast du mir verhöhlt, daß die
Dame, die du mit dir brachtest, sich in deinem Gefolge, in meiner Gegenwart befand?

Duarte. Verzeih! Sie wollte dir nur in den
Kleidern ihres Geschlechts, an der Hand meines
Sohnes, näher treten.

Saffar (zu Brianda.) Ihr seyd es doch, schönes
Fräulein, von der wir sprechen?

Brisinda. Ich bin es.

Saffar (betroffen und entzückt.) Stolz würde je-
der König auf euern Besitz seyn, und könnten K r o -
n e n euch glücklich machen, wer würde sich nicht
wünschen, sie euch zu schenken? — Der Besitz so
vieler Schönheit, ein Kleinod, das allen irrdischen
Schmuck verdunkelt, wird jeden glücklichen Besitzer
zu einen König machen, dessen Diadem alle glän-
zende Edelsteine der Weltbeherrscher verdunkelt. —
(zu Duarte, indem er seine Hand drückt.) Ihr seyd
ein glücklicher Vater, und euer Sohn, ist ein benei-
denswerther Mann! seinetwegen kam ein Schatz
übers Meer, den alle Herren der Welt nicht zu
bezahlen vermögen.

Aschraf ⎫ (vor sich): Diese Sprache! —
Duarte ⎬ (vor sich) Ich fürchte! —

Saffar. So sehr ich auf der einen Seite die
schnellste Ankunft des Glücklichen wünsche, den ein
zärtlicher Vater, eine so reizende Braut, mit of-
fenen Armen erwarten, so sehr wünschte ich auf
der andern, Verzögerung seiner Ankunft, Verlän-
gerung unserer Geschäffte. Und das ist gewiß sehr
eigennützig von mir, weil ich dadurch des Glücks
theilhaftig würde, euch, schönstes Fräulein, l ä n -
g e r hier zu sehen.

Duarte (vor sich.) Was will er damit sagen?

Aschraf (vor sich.) Welchen Sturm befürchte
ich!

Saffar. Und ihr habt für all das nicht einmahl
eine einzige kleine, verbindliche Antwort? — Aus

euerm Munde würde sie mich für weit mehr,
als diesen, eurer Schönheit schuldigen Tribut,
belohnen.

Brianda. Besäß ich alle diese Verdienste in
so hohem Grade, als sie die Gnade eines vereh-
rungswürdigen Königs mir, beylegt, ich wär in der
That mehr wegen seiner herablassenden Güte, als
um schlechte Worte eines Dankes verlegen.

Saffar. Eben so geistreich, als schön!

Aschraf (vor sich.) O! Saffar! Saffar!

Saffar. Schweigend oder redend, immer gleich
entzückend!

Vierter Auftritt.

Vorige. Gomaro.

Gomaro. So eben, als ich mein Roß bestei-
gen wollte, nach dem Fort mit euerm Briefe zu
eilen, kam ein Bothe des Statthalters, mit einem Briefe an euch, an.

Duarte. Erlaubt, daß ich ihn spreche!

Saffar (macht ein Zeichen der Genehmigung.)
(Duarte geht mit Gomaro, Brianda, Rinaldo und den Officieren, ab.)

Fünfter Auftritt.

Saffar. Aschraf.

Saffar (sieht Brianden nach. — In Bewegung.)
Sie geht! — sie geht, Aschraf! sie läßt mich in
einer

einer Bewegung zurück, die mich unfähig macht, etwas anders, als sie zu denken! — Ich glaubte Zoradinen zu lieben; ich habe sie nicht geliebt. Ihr Bild ist so schnell aus meinem Herzen verschwunden, und das reizende Bild der Portugiesinn' thront in demselben mit unumschränkter Macht.

Aschraf. Mein Herr, mein König! was sprichst du?

Gaffar. Ich liebe sie.

Aschraf. Die Braut des Sohnes des Mannes, den du Freundschaft und Sicherheit versprachst?

Gaffar. Wie wenig war er um die Sicherheit meines Herzens besorgt!

Aschraf. Du bist ungerecht! Sie verbarg ihr Geschlecht, du hörtest davon, du hast es entdeckt, und beschwerst dich über das, was du selbst thatst.

Gaffar. Ach! wer vernünftelt, wenn er liebt? — Ein einziger Blick hat mich um meine Ruh gebracht!

Aschraf. Er galt nicht dir.

Gaffar. Er hat mir all mein Nachdenken geraubt —

Aschraf. Wirb dich doch nicht vom Pfade der Tugend ziehen?

Gaffar. Was weiß ich, wie weit es mit mir kommen wird!

Aschraf. Würdest du eines Weibes wegen deine Zusage brechen? die bir immer so heiligen Ver-

C

sprechen, und die Rechte der Gastfreyheit, verletzen?
— Nein! das thut Saffar nicht!

Saffar. Aschraf! Aschraf! Du baust auf meine
Tugend, aber du läßt mein Herz aus dem Spiel!

Aschraf. Dein Herz ist keiner uneblen Empfindung fähig! Die Portugiesinn ist versprochen; sie
liebt, und wird geliebt.

Saffar. Auch von mir geliebt!

Aschraf. Und du wolltest selbst thun, was du
an Francesko bestrafen willst?

Saffar. Ach! muß ich denn mein Innres vor
meinen eigenen Blicken verbergen? Ich zittre vor
der seligsten Empfindung, die je mein Herz belebte.
Ist der Weg der Glückseligkeit so nahe bey der Bahn
des Lasters? — Meine Strenge gegen Francesko
bestraft mich selbst, spricht mir mein eigenes Urtheil!
— Hätte ich mich nicht von seiner Treulosigkeit
überzeugt, ich glaubte Zorabinen noch zu lieben;
und würde ich auch getäuscht, ja wären sie auch ent-
flohen, ich wäre doch sicher gewesen, mein Herz nicht
zum Verräther meiner Grundsätze zu machen, em-
pfänd nicht die schrecklichen Qualen des Kampfes
zwischen Edelmuth und Liebe; meine Empfindung
hätte mich nie auf Abwege geleitet, zwäng mich nicht
zu Gedanken, vor welchen ich selbst erröthe. — Ich
wollte mich von der Gewißheit des fremden Lasters
überzeugen, und sehe ich einen Spiegel, aus welchem mir mein eigenes Bild entgegen schaut. —
Aschraf! Du hast mir gerathen, mich zu überzeugen; durch deinen Rath wurde mein Herz frey,

um einem andern Eindrucke offen zu stehen. O!
ihr Höflinge seyd gefährliche Leute! Honig wollt
ihr uns reichen, und Wermuth liegt in der Schale.

Aschraf. Du klagst mich an, und solltest dich
selbst anklagen. Ich handelte nach meiner Pflicht,
ich kann meine Handlung vor der ganzen Welt
verantworten. Du handelst nach Eindrücken deiner Leidenschaft, und kannst deine Handlung nicht
vor dir selbst verantworten.

Gaffar. O! daß ich lieben könnte, wie meine
Vorfahren liebten, wie meine königlichen Nachbarn
lieben! o! daß mein Herz nicht bey meiner Liebe seyn müßte! daß ich diese innre, zärtlichere Empfindung ersticken, und sie mit gröberm Sinnenge-
nuß bey Sclavinnen im Serail austauschen könnte!
wer würde mir den Ruhm streitig machen: er ist
ein tugendhafter Fürst!? aber so! — ach! dieß
Herz tritt zwischen meine Tugenden — eine unüber-
sehbare Klippe! sie zu übersteigen, Muth zu haben,
mit Gefahr des Lebens hinaufzuklimmen — in mir
ist kein Gefühl dafür. Leidenschaft kämpft mit meiner Tugend, Liebe mit meinem Edelmuth. — O!
hat wohl ein Erbensohn diesen gefahrvollen Kampf
mit Ruhm bestanden? nie! — nie! — Liebe ist
Ehrgefühl, Empfindung ist Tugend! (geht mit ra-
schen Schritten nach der Thür. Dort bleibt er schnell
stehen, sieht auf Aschraf, und kehrt langsam zurück.)
Aschraf! du läßt mich gehen? siehst ruhig dem ehrlosen Gaukelspiele zu, das ich beginnen werde? Ist
die Freundschaft keine Stütze der Tu-

gend mehr, so wirf die morschen Krücken weg, und
laß dem empfänglichen Herzen seinen unbedachsamen
Lauf!

Aschraf (fällt nieder.) Willst du die Stimme
der Freundschaft hören?

Saffar. Sie krieche nie um mein Ohr.
(hebt ihn auf.)

Aschraf. Krieche nicht selbst um den Thron dei=
ner Leidenschaften, errichte feilen Empfindungen kei=
nen Altar auf Unkosten deines edlen Herzens. Ueber=
täube dein Gefühl nicht mit dem buhlerischen Weih=
gesange des Lasters, und bestimme deine edlen Em=
pfindungen nicht zu dem Opfer auf diesem schändli=
chen Altar. — Sind das die hochgerühmten Lehren
der Weisheit, die dir dein Lehrer gab? so mache
ihn zum ersten Opfer deiner Wuth. Aber sie sind
es nicht! es ist der Sirenengesang deiner Begier=
den, welche schmeichelnd ihre Sclaven in schändli=
che Fesseln schmieden. Meinst du, es wären Ro=
senbanden? Es sind eherne Ketten für ihre Leibeige=
nen, die zu spät ihren Irrthum bereuen. Willst du
verdienen, Fürst, der größte Mann unter deinem
Volke zu seyn, so sey ein Weiser, und schmücke dich
mit den errungenen Lorbern der Tugend. Sonst
steige herab von deinem Throne, auf welchem dein
Volk einen Lasterhaften anbethet, vertausche dein
Diadem mit dem Buhlerkranze eines Weichlings.
—Du hast die Freundschaft aufgefordert; so spricht
sie. (geht.)

Gaffar. Aschraf! Aschraf! Du willst mich bey dem gefährlichen Scheidewege verlassen? — Komm, reiche mir freundschaftlich deine Hand, und stärke mich mit kühner Stimme in dem großen Kampfe mit Liebe und Tugend.

Aschraf. Ich würde dich verlassen, setzte ich weniger Werth in die Größe deines Herzens. Ich komme zurück, um dich zu fragen; was willst du thun?

Gaffar (geht mit sichtbarer Bewegung, im innern Kampfe umher.) Aschraf!

Aschraf. Was willst du thun?

Gaffar. Ich will —

Aschraf. Was willst du?

Gaffar. Nein! nein! — o! wie ungleich ist dieser Kampf! er wird mein Leben kosten!

Aschraf. Ist dieses Leben ein zu großer Kampfpreis gegen Ehre und Tugend?

Gaffar. Sag dem Gesandten — er soll seine Gefährtinn meinen Blicken entziehen — ich will sie nicht wiedersehen —

Aschraf. Ich eile —

Gaffar (hält ihn zurück.) Nein! sag es ihm nicht, — es könnte ihn beleidigen. Ich will die Gelegenheit, sie zu sehen, selbst vermeiden. Ich will — o! Gott! was kann ich wollen, das ich thun könnte!

(ab.)

Sechster Auftritt.

Aschraf, hernach Khoja.

Aschraf. Es ist umsonst! seine Leidenschaft ist heftiger, als ich vermuthete. Doch verzweifle ich noch nicht an seiner Rückkehr. — Francesko's Urtheil muß das gute Werk vollenden, oder ein Bey-spiel hat noch nie in eigenen Fällen gewirkt — Khoja!

Khoja (tritt ein.)

Aschraf. Bringe Francesko hierher.

(Khoja ab.)

Siebenter Auftritt.

Aschraf. Duarte. Rinaldo.

Duarte. Laß mich den gefangenen Portugiesen sprechen.

Aschraf. Es ist so eben Befehl gegeben, ihn hierher zu bringen.

Duarte. Ich muß eilen, dem Statthalter sein Regiment abzunehmen, wenn ich neue Ungerechtig-keiten verhüten will. Nicht ein Wort schreibt er von meinem Sohne. — Er soll seine Braut im Fort umarmen.

Aschraf (vor sich.) Glücklicher Gedanke! (laut.) So recht: ist dein Entschluß noch nicht fest gefaßt, so wünschte ich dich selbst in demselben befestigen zu können. Die Friedensunterhandlungen können auf-

geschoben, ein Waffenstillstand kann einstweilen ein=
gegangen werden. —

Duarte. Ich rechne auf deine Vorsprache bey
deinem Könige. (vertraut, edel und gutherzig.) Ich
entdecke mich einem rechtschaffenen Manne.

Aschraf. Deinem Freunde! (drückt ihm die Hand)
Ich weiß, was du sagen willst.

Duarte. Die Braut meines Sohnes —

Aschraf. Hat Eindruck auf den König gemacht.

Duarte. Also habe ich mich doch nicht geirrt?

Aschraf. Sein Gemüthszustand ist fürchterlich.

Duarte. Himmel!

Aschraf. Rette sie, dich, ihn selbst, ehe die Ver=
rätherinn Leidenschaft auf Unkosten seiner Tugend
erwacht.

Duarte. Ich danke dir! —

Aschraf. Das Herz hat Stunden, in welchen es
von bösen Gesellschaftern umgeben ist. Dann kömmt
Freundes Rath zu spät.

Duarte (umarmt ihn.) Der Himmel belohne
deine Tugend.

Aschraf. Ihr Verdienst wurde ihr selbst gege=
ben. Ihr Lohn ist Bewußtseyn.

Achter Auftritt.

Vorige. Francesko gefesselt. Khoja. Wache.

Rinaldo. Der Portugiese kömmt!

Aschraf (zu Francesko.) Hier ist dein Richter.

Duarte. Näher! — Furchtsam schleicht nur
der Schuldige, der Edle geht mit festem Tritt seinem — Gott!

Rinaldo. Francesko!

Francesko. Mein Vater!

Duarte. Es ist mein Sohn!
(Sinkt Aschraf und Rinaldo in die Arme.)

Francesko (stürzt vor ihm nieder.) O! mein
Vater! mein Vater!

Dritter Aufzug.

Saal.

Erster Auftritt.

Gaffar. Aschraf.

Aschraf.

Betriegst du dich nicht selbst? Untersuche dich, und beantworte mir diese Frage.

Gaffar. Kann er wohl beyde lieben?

Aschraf. Die ältern Rechte auf sein Herz, gehen vor. Er liebte nur eine andere, weil er glaubte, die Hoffnung auf den Besitz der erstern aufgeben zu müssen. Die Umstände haben sich geändert, die Hindernisse sind gehoben, Brianden seine Hand zu reichen, wenn du ihm das Leben schenkst.

Gaffar. Sein Vater hat das Urtheil nicht widerrufen.

Aschraf. Er gibt einen Beweis der unerschüt= terlichen Tugend eines Mannes, der unsere Ach= tung verdient, weil er das Laster, selbst mit Ver= lust seines einzigen Sohnes, bestraft wissen will. Fühlst du das Große seines Betragens, siehst du, wie lobenswerth es ist, edel zu handeln, so suche ihm gleich zu werden. Nicht allein dein Land halle wieder von dem Freudenrufe: Saffar ist ein gerech= ter, ein edler, tugendhafter König! — denn den Lippen deiner Unterthanen könntest du dieses Jubelgeschrey auch mit dem Schwerdte entpressen — sondern ein **frembes Volk**, das sich nicht un= ter dein Szepter beugt, gebe dir ein unverdächti= ges Zeugniß deines Edelmuthes, welches dir mehr werth seyn muß, als das Staubgewinsel deiner Unterthanen, die dein Schwerdt fürchten, indem sie dein Szepter küssen.

Saffar (wirft sich nachdenkend auf ein Soffa.)

Aschraf. Es ist göttlich groß, nicht allein der Erste an Macht, sondern auch der Erste an Tu= gend unter einem Volke zu seyn. — Bedenke, was du seyn mußt, wenn du werden willst, was du bey dem Antritt deiner Regierung, bey Uebernehmung deines Szepters, zu seyn versprachst. — Brianda will dich sprechen.

(ab.)

Zweyter Auftritt.
Saffar.

Sie will mich sprechen? (springt auf.) — Was soll ich ihr sagen? — Darf ich es wagen, mir es selbst zu gestehen, was ich ihr zu sagen wünschte? — O! es war eine Zeit, wo ich die ganze Welt zum Richter über meine Handlungen, zu Zeugen meiner Gesinnungen, aufrufen konnte! wo ich mich allen zur Schau stellen, und der Tugend selbst frey, in die Augen sehen durfte! — Und diese Zeit wär vorüber? vorüber, ohne wiederzukehren? — Ein einziger böser Augenblick könnte das Entzücken der Menschen über alle meine guten Handlungen in Abscheu verwandeln? das ist schrecklich! — eine einzige unvollkommene Handlung verwischte all die edlen Thaten auf der strengen Rechnungstafel der Tugend? — Und dieses Schuldbuch liegt offen vor den Augen eines jeden meiner Unterthanen, denen ich ein Beyspiel der Nachahmung seyn soll! liegt offen vor den Augen aller, die mich kennen, und nicht kennen!

Dritter Auftritt.
Saffar. Brianda in weiblicher Tracht ihrer Nation.
Hernach Khoja.

Brianda. Unerbittlich ist Francesko's Vater. Du allein kannst das schreckliche Urtheil mindern, ihm und mir das Leben retten, und du wirst es thun!

Saffar. Du bitteſt um das Leben eines Unge-
treuen?

Brianda. Dem ich getreu blieb.

Saffar. Du ſollſt Zeuginn ſeiner Zärtlichkeit gegen Zorabinen ſeyn. — Khoja!

Brianda. Ich liebe ihn!

Khoja (tritt ein.) Herr? —

Saffar. Man führe Francesko und Zorabinen
hierher, ſich zum letzten Mahl vor ihrem Tode zu
ſprechen. (Khoja ab.)

Brianda. Ich hörte, ehe ich noch hierher kam,
viel von deiner Großmuth — der Ruf von deiner
Seelengröße, beſtärkt durch viele erzählte Beyſpiele,
drang bis nach Portugall —

Saffar. Man ſchmeichelt mir, weil ich ein
König bin!

Brianda. Die Art, wie du uns empfingſt, entzückte mich —

Saffar (ſchnell.) Entzückte dich?

Brianda. Aber jetzt — (ſieht ihn ſtarr an.)

Saffar (verlegen.) Was kann es dir helfen,
wenn ich Francesko das Leben ſchenke? Seine Liebe
erhält ihn für Zorabinen. (gefaßt) Mich ſelbſt ver-
bindet die Pflicht, begnadige ich ihn, ſeine Hand in
Zorabinens Hand zu legen. Er hat ihr ewige Liebe
geſchworen. — Glaubſt du, man ſpielt mit Eiden
und Verſprechungen ewiger Treue bey mir ſo unge-
ſtraft, wie in euerm Lande?

Brianda. Wohl oft brach bey uns leichtſinnig
ein Jüngling den Schwur der Liebe, ein Mädchen

vergaß das gelobte Versprechen ewiger Treue. Man freit bey **euch** nicht wie bey **uns**, man liebt **hier** nicht wie bey uns —

Saffar. Ich könnte das Gegentheil dir leicht beweisen.

Brianda. Laß Mädchen und Jünglinge Schwüre brechen, und sich mit heiligen Versicherungen ewiger Treue täuschen. Dieß Herz blieb dem Geliebten treu. Es schlägt nur für ihn, wird ewig für ihn schlagen. Kein fremdes Bild stiehlt sich in dieses Heiligthum der Liebe, kein unedler Gedanke entweiht es. — Ich liebe meinen Francesko — ach! mit welcher Zärtlichkeit! und sollte ich nicht für sein Leben bitten?

Saffar. Sein Leben ist deiner Liebe Tod.

Brianda. Nie kann meine Liebe sterben, denn sie ist rein und ewig wie meine Seele.

Saffar. Ach! Brianda! —

Brianda. O Francesko! wie innig liebe ich dich! nie kann man dir meine Liebe entreißen. Ihn glücklich zu sehen, ist das Ziel meiner Wünsche, sein Leben zu retten, ist mein heißestes Flehen.

Saffar. Du rettest ihn für eine beglückte Nebenbuhlerinn!

Brianda. Erhalte ich nur sein Leben! —

Saffar. Sein Betragen muß dich kränken. Wie schwer hat er dich beleidigt!

Brianda. Er hat mich nicht beleidigt. — Die Unmöglichkeit, welche ehemahls sich zwischen unsre Vereinigung drängte, gab ihm Recht und Freyheit, sein Herz einer Andern zu schenken. Drey lange Jahre hat er umsonst gehofft und geduldet, kein Hoffnungsstrahl belebte ihn. Er fand ein liebendes Herz — er werde glücklich durch Zorabinens Besitz.

Gaffar (vor sich.) Es ist alles verloren! — — (laut.) In diesem Nebenzimmer höre seine Unterredung mit Zorabinen an.

Brianba. Und du willst ihm das Leben schenken?

Gaffar. Ach! Brianba! welch eine reizende Vorsprecherinn hat der glückliche Francesko an dir!

Brianba. Liebe ist seine Vorsprecherinn.

Gaffar. Du willst ihn glücklich sehen? mit Zorabinen vereinigt, glücklich sehen? — Ich bewundere deine edlen Gesinnungen, und hätte mein Herz nichts bey deinem Anblick empfunden, es müßte von deiner Denkungsart entzückt seyn!

Brianba. Vermag mein Bitten etwas bey dir, so mache mich nicht so unglücklich, den Ewiggeliebten dieses Herzens, des kummervollen Vaters einzigen Sohn, bluten zu sehen.

Gaffar. Du hättest dich über Meere gewagt, um das fruchtlose Ziel deiner Reise zu sehen? Nein, du darfst nicht zurückgehen, ohne einen Lohn zu erhalten, welcher deiner würdig ist. — Die Krone meines Reichs lege ich dir zu Füßen. Verschmäh dieß armselige Geschenk nicht, mein Herz ist dabey. Sey Herrscherinn von mir und meinem Reiche! — Kannst du mich lieben, so ist Francesko gerettet. Dieß ist der Preis, um welchen ich ihm sein Leben schenke.

(ab.)

Vierter Auftritt.

Brianda.

Meine Liebe der Preis deines Lebens, Francesko? wie theuer wär' es erkauft! — Kann man auch
Empfindungen des Herzens zu tauschender Zahlung
machen? o! Menschen! Menschen! was stempelt
euer Eigennutz nicht zu Gelde? Habt ihr keine edle-
ren Vergleichungen, als Tausch und Gold? wiegt
ihr Freuden des Lebens, selige Empfindungen, gleich
dem glänzenden Metalle, einander so eigennützig auf
der Goldwage, wie eure Dublonen, zu? — Und
dieses Anerbiethen that mir ein Mann, den man für
ein Muster des Edelmuths und der Großmuth hält.
Wenn dieß ein Muster ist, unglückliche Geschöpfe,
die man Menschen nennt, o! so sichere ewige Blind-
heit mich, eure Abarten zu sehen!

(ab, in ein Nebenzimmer.)

Fünfter Auftritt.

**Francesko, Khoja, Wache von der einen Zora-
bine, Zofar, Wache von der andern Seite.
Sie werden entfesselt.**

Zorabine (eilt auf ihn zu.) Francesko! zum letzten Mahl sehen wir uns!

Francesko (umarmt sie.) Deine Liebe hat einen
bessern Lohn verdient, als mit einem Unglücklichen,

wie ich bin, zu sterben. — Willkommen ist mir der Tod —

Zoradine. Der mich mit dir in bessern Welten vereint.

Francesko. Ach! Zoradine! du kennst jetzt nichts, als die Größe deiner Liebe, auf sie allein schränkt sich dein Denken ein. Ach! daß auch ich so glücklich wär! — Du weißt nicht, welche Gefühle dieses Herz peinigen. Der Gesandte meiner Nation ist mein Vater.

Zoradine. Dein Vater!

Francesko. Den V a t e r, den ich viele Jahre nicht sah, erblickte ich als R i c h t e r. Ich eilte ihm z ä r t l i c h entgegen, und er sprach seinem einzigen Sohne das T o d e s u r t h e i l. Er stieß mich zurück — nannte mich einen Verräther, entzog sich meinen Blicken, und ließ mich verzweiflungsvoll allein. Die Banden der Natur sind zerrissen, Liebe und Verzweiflung theilen dieses Herz. — O! mein Vater! mein Vater! bin ich ein so großer Verbrecher, daß du deinem Sohne verächtlich die zärtliche Umarmung versagst? — Auch Vaterliebe flieht den Unglücklichen! wo soll er Theilnahme, wo Bedauern finden?

Zoradine. Zoradine liebt dich.

Francesko. Unglückliche! rette dein Leben. Wirf dem Könige dich reuvoll zu Füßen, erhalte seine Gnade — laß mich a l l e i n sterben.

Zoradine. Grausamer! s t e r b e n willst du, und mich thränend z u r ü c k l a s s e n? mich nicht mit

bir

dir nehmen? — das sprach dein Herz nicht! oder schlägt es nicht mehr für mich, seit ich unglücklich bin? Hast du deine Schwüre nur den Freuden der Liebe, nicht auch ihren Leiden geschworen? — — Du liebst mich nicht!

Francesko. Schwer liegt des Vaters Fluch auf diesem Herzen, und die sanften Empfindungen der Liebe weichen der schrecklichen Last der Stimme: „Du bist mein Sohn nicht mehr!" — Ach! ich verlor einen zärtlichen Vater, um einen unerbittlichen Richter zu finden! — Laß mich auch deine Liebe verlieren; ich will gar nichts mehr besitzen; ich will bettelarm dem Tode entgegen gehen.

Zoradine. Du willst mein Herz von dem deinigen reißen; es ist umsonst! Du willst allein sterben? ich lasse dich nicht, ich sterbe mit dir! — Francesko! ist das kein Trost für dich, mit mir zu sterben?

Francesko. Ich bin so unglücklich, daß ich keinen Trost mehr haben mag. In Verzweiflung zu sterben, das ist mein Loos.

Zoradine (hängt sich an seinen Hals.) Vergiß deinen unbarmherzigen Vater, dir folgt deine Zoradine dahin, wo nichts sie dir entreißt.

Francesko. Zoradine! deine Seele ist größer, als die meinige! Du bist entschlossen, ich zage. Du hast Muth, ich zittre. Siehst du es nicht, wie ich für dem Schreckbilde des Todes zurückbebe? Es ist keine Ehre, mit mir in den Tod zu gehen — laß mich Feigen allein sterben.

D

Zoradine. Das Band der Liebe ist stärker, als die Fessel des Todes, es knüpft Herzen und Seelen unauflöslich zusammen. — Stoß mich von dir, ich komme wieder — verlaß mich, ich eile dir nach; ich schlinge meine zitternden Arme treu um den Geliebten meines Herzens, ich athme seinen letzten Hauch, ich küsse sein brechendes Auge, ich folge ihm.

Francesko. Zoradine! (zu Thränen bewegt) o! Weib meines Herzens! —

Zoradine. Mit Entzücken verschlingt meine Seele den Gedanken, dir überall zu folgen, und auch im Tode dich nicht zu verlassen.

Sechster Auftritt.

Vorige. Rinaldo.

Rinaldo (auf ihn zu eilend.) Freund!

Francesko (mit starrem Blick.) Kennst du mich noch? kennt mich doch mein Vater nicht mehr.

Rinaldo. Wüßtest du, was ich bey deinem Schicksale empfinde! könnten dich meine Thränen, mein Blut, mein Leben retten —

Zaradine. Ein Freund beweint dich, eine Geliebte folgt dir, und du gehst dem Tode nicht muthig entgegen?

Rinaldo. Nicht ich allein werde bey dem Grabe des Freundes weinen — Brianda —

Francesko (aufgeschreckt.) Brianda? — lebt sie noch?

Rinaldo. Sie lebt, und weint um dich.

Francesko (bewegt.) Erfuhr sie mein Schicksal? wo lebt die Edle? wo athmet sie glücklicher, als ich?

Rinaldo. In diesen Mauern.

Francesko. Hier? (betäubt) hier? —

Rinaldo. Als sie ihre Tage im einsamen Kloster verweinte, weinte sie um dich.

Francesko (zitternd.) Sie beweinte mein Schicksal?

Rinaldo. Ihre Familie wurde endlich von ihren Thränen erweicht. — Mit deinem Vater kam sie hierher, dich —

Francesko. Hierher? mich —?

Rinaldo. Als Braut dich zu umarmen.

Francesko. Gott im Himmel!

Zoradine. Sie will dich mir entreißen? liebt sie dich, wie ich dich liebe? kann sie auch mit dir sterben?

Francesko. Brianda! Brianda! (außer sich) Keinen Tropfen mehr in den Becher meiner Leiden! ich kann ihn nicht leeren.

Zoradine (zu Rinaldo.) Mann! was habe ich dir gethan, daß du einer Unglücklichen den einzigen Trost, allein geliebt zu seyn, so grausam in der letzten Stunde ihres Lebens entreißen willst? — Glaube es nicht, Francesko! Sie wollen mich von dir reißen, mir nicht das Glück gönnen, an deiner Seite mein Leben zu endigen. Ihre Falschheit windet gleich Nattern sich um dein Herz, es mit falschen Nachrichten zu vergiften. Dir soll ich entsagen,

in die Arme des Königs mich werfen, dich deinem
Schickſale überlaſſen —

Francesko (kömmt zu ſich.) So iſt es!

Zorabine. Es iſt umſonſt! ihre betriegeriſche
Stimme erreicht mein Herz nicht. — Ich verlaſ=
ſe dich nicht! —

Francesko. Rinaldo! — auch du?

Rinaldo. Ich vergebe dir deinen Argwohn;
du biſt unglücklich. — Der Unglückliche verkennt
auch ſeine Freunde.

Francesko. Meinen Freund nennſt du dich,
und willſt mein blutendes Herz mit falſchen Nach=
richten zerreißen? willſt Zorabinen von mir tren=
nen? mich allein und ohne Troſt ſcheiden ſehen?

Zorabine. (liebevoll, freudig.) Dieß iſt die
Stimme meines Francesko! — ach! ich glaubte
ſeine Liebe verloren zu haben. Nein! er liebt mich
noch!

Francesko (umarmt und küßt ſie.) Ewig! —
ewig! Menſchen ſollen uns nimmer trennen!

Siebenter Auftritt.

Vorige. Brianda kömmt unbemerkt herein.

Zorabine (zu Rinaldo.) Geh und ſage es de=
nen, die unſre Liebe beneiden, bewundern, aber
uns nie trennen können. Heilige Empfindungen
verbinden uns feſt, auf ewig.

Francesko. Menschen zerreißen die Banden dieser Liebe nicht!

Brianda (tritt hinter beyde.) Glücklich sey eure Liebe!

Francesko. Gott! (stürzt in Rinaldo's Arme.) Brianda!

Zorabine (wehmüthig.) Willst du uns trennen? (rasch und gefaßt) Nein! das kannst du nicht!

Brianda. Ich werde euch glücklich sehen! — (zärtlich) Francesko! du hast keine Schuld; dein Herz ist rein. Ich würde Zorabinen um deine Liebe beneiden, stünd es nicht in meiner Macht, euch glücklich zu machen. (führt Zorabinen zu Francesko.) Diese Edle ist deiner Liebe werth. — Ich bin nicht gekommen, dich zu beschämen, ich eile, dich zu retten. Mein Herz behält seine alten Rechte, und vertauscht sie um nichts in der Welt. Zorabine liebt dich, wie nur noch ein Weib auf Erden dich lieben kann. Sie entsagt hienieden allen Freuden der Liebe. Diese liebevolle Aufopferung verdient Belohnung. — (mit Bedeutung und Gefühl; in sichtbarem Kampfe.) Was Zorabinens Liebe für dich thun wollte, weißt du, erwarte, was Briandens Liebe für dich thun wird — dann entscheide, wer deiner Liebe noch würdig war!

(ab.)

Achter Auftritt.

Zorabine. Francesko. Rinaldo. Khoja.
Zofar. Wache.

Francesko. Brianda! Brianda! (will ihr nach.)
Rinaldo (hält ihn zurück.) Francesko!
Francesko. Was will sie thun?
Zorabine (entschlossen.) Was kann sie für uns
thun, das nicht auch Zorabine für dich und sie
thun könnte? — Nicht Brianden verdanke die
Liebe ihren Triumph; Zorabine sey ihr Siegs-
geschrey, wenn sie euch glücklich sieht!
(ab. --- Ihr folget Zofar mit einer
Hälfte der Wache.)

Neunter Auftritt.

Francesko. Rinaldo. Khoja. Wache.

Francesko (nach innerm Kampfe.) Dein Schwerd!
Rinaldo. Francesko!
Francesko (mit heftiger Bewegung.) Dein
Schwerdt! (fällt nieder) Bist du mein Freund? gib
mir dein Schwerdt! retten will ich Brianden und Zo-
rabinen.
Rinaldo (hebt ihn auf.) Was willst du thun?
Francesko (in halber Wuth zitternd.) Nichts! —
nichts! — ich will ja nur die Weiber retten! — Dein
Schwerdt! — sie sind verloren, wenn ich ihren Be-

mühungen nicht zuvorkomme. Ich ahnde alles! Rette mein Andenken von der Schmach, daß Weiber
mein Leben erkauft haben. Laß mich nicht diese
Kränkung erfahren!—gib mir dein Schwerdt! und
man sage: er starb als ein tapferer Portugiese, ohne
sein Leben dem Flehen und Liebkosen der Weiber zu
verdanken. (Sucht sich seines Schwerdtes zu bemächtigen.)

    Rinaldo (reißt sein Schwerdt ab, und wirft es
Abota zu, der es aufnimmt.) Kein edler Portugiese
stirbt so?

    Francesko (bitter.) Aber durch Henkers Hand?
oder er verdankt sein Leben Weiberaufopferungen! o!
der Schande! daß auch du dich einen Portugiesen
nennst!—Ein feiges Herz schlägt in deinem Busen!
—du kannst nie als Mann sterben!

                 (ab --- die andern folgen ihm.)

    Rinaldo (sieht ihm nach.) Retten wird Rinaldo
einen Freund, und sollte es sein eigenes Leben kosten!

                               (eilig ab.)

Vierter Aufzug.

Zimmer.

Erster Auftritt.

Gaffar. Aschraf.

Aschraf (geht nachdenkend umher.)

Gaffar (ihn firirend.) Du bist nicht zufrieden mit mir!

Aschraf. Nein! —— ich kann es nicht seyn.

Gaffar. Francesko liebt Zoradinen, — er liebe sie! Ich liebe Brianden, und das machst du mir zum Verbrechen?

Aschraf. Er handelte treulos an dir und Brianden, und du willst Briandens Liebe erflehen.

Gaffar. Wenn ich den Treulosen bestrafe, wird Brianda seinen Tod überleben? werde ich sie nicht unglücklich machen? so, oder so!

Aschraf. An Einwendungen wird es dir nie feh=
len.

Saffar. Gesetzt, ich verzeihe ihm, wird ihm sein
Vater nicht h a s s e n müssen, da er so gerecht
denkt?

Aschraf. Er ist Vater, sobald du ihn der
Nothwendigkeit überhebst, R i c h t e r zu seyn.

Saffar. Auch das! — Wird ihn Brianda fer=
ner lieben?

Aschraf. Warum nicht?

Saffar. Macht seine Liebe Brianden glücklich,
so ist Zorabine unglücklich. Beglückt sie Zorabinen,
wird Brianda glücklich seyn? — W e l c h e von bey=
den wird groß genug denken, seiner Liebe zu ent=
sagen?

Zweyter Auftritt.

Vorige. Zorabine.

Zorabine (stürzt herein.) Zorabine!

Saffar. (außer Fassung.) Du wolltest —?

Zorabine (wirft sich nieder.) Schenke Francesko
das Leben, vereinige ihn mit Brianden, und laß
mich allein sterben.

Saffar. Der Tod ist dein Wunsch? wahr!
was wolltest du noch in einer Welt, in welcher für
dich alles verloren ist!

Zorabine. Du sollst mir keine Wohlthat er=
zeigen. Ich will auch l e b e n, deine geringste Scla=

vinn seyn, Ketten zeitlebens tragen, wenn du glaubst, du könntest mit dem Tode mich beglücken. Ich will gern unglücklich seyn, wie du mich auch bestrafen willst, wenn ich ihn nur glücklich weiß, den Einzigen den ich liebe.

Saffar. Und mich willst du unglücklich sehen?

Zoradine. Genügt dir meine Liebe, wie ich dir sie geben kann, so nimm auch diese. Francesko's Leben erkaufe ich um keinen Preis zu theuer.

Saffar. Alles stürmt mit Bitten, mit Moralen, mit Thränen, Sentenzen und bittern Lächeln über meine Schwachheit, auf mich hinein!

Aschraf. Höre die Stimme deiner Freunde!

Zoradine. Die Stimme des unglücklichen Mädchens zu deinen Füßen! laß ihre Thränen dich erweichen; sey so gütig, als du gerecht bist. — Ich habe nichts als diese Thränen, sie sind der Liebe Perlenschatz —

Saffar. Ihr schämt euch nicht einmahl, mein Herz gegen falsche Empfindungen in Anschlag zu bringen! ihr wollt mir Liebe rauben, und Schmeicheleyen zum Ersatz biethen? ihr seyd betriegliche Käufer! — Reißt Briandens Bild und die Eindrücke desselben aus meinem Herzen, dann spielt mit der Puppe, wie ihr wollt. — Ihr habt mich alle betrogen, ihr wollt mich noch betriegen, und ich soll mich behandeln lassen, wie eure Laune will? Nein, wahrlich nicht! Ihr seyd ungerecht, und wollt mich der Ungerechtigkeit beschuldigen. Ich liebe, ihr wollt mich zum Ver-

brecher machen, habt selbst keine Entschuldigung,
als Liebe, und doch soll ich diese für giltig er-
kennen. Ihr möchtet mich gern ganz berauben,
und ich soll euerm Raube noch Geschenke zu-
fügen. Ungerechte! richtet erst über euch selbst,
dann verdammt mich!   (ab.)

Dritter Auftritt.

Zoradine.   Aschraf.

Zoradine (steht auf.) Es ist umsonst! —

Aschraf. Prinzessinn! sagt dir dein Herz nichts?

Zoradine. Es schlägt für Francesko.

Aschraf. Ist es nicht dein eigener Ankläger?

Zoradine. Meine Liebe kann keinen Ankläger
haben.

Aschraf. Zwangen deine Handlungen nicht den
König zu diesen Schritten?

Zoradine. Meine Liebe hat gegen den König
keine Verbindlichkeit.

Aschraf. Wurdest du behandelt, wie eine Ge-
fangene, deren Bruder bundbrüchig wurde?

Zaradine. Wer kann mir die Handlungen meines Bruders zurechnen? Mein Bruder hatte
kein Recht dazu, mich zum Unterpfande gebrechli-
cher Versprechungen mit königlicher Politik aufzu-
opfern.

Aschraf. Du warst in der Gewalt des Königs.

Zarobine. Hätte er mir mein Leben eher geraubt, so kostete es nicht jetzt auch das Blut meines Francesko!

Aschraf. Der König begegnete dir so gnädig! verschaffte dir, deinem Stande gemäß, alle Bequemlichkeiten des Lebens. Er gab sogar deinen Launen nach. — Er both dir Hand und Krone an. Was hätte er noch thun sollen?

Zorabine. Mir ein Herz geben, das ihn geliebt, das nicht für Francesko geschlagen hätte.

Aschraf. Wer kann mit euch Weibern philosophren! eure Entschuldigungen sind eben so sonderbar als eure Launen.

Zorabine. Deine Mutter war auch ein Weib, und hat dich mit einer von den sonderbarsten weiblichen Launen geboren.

Aschraf. Daß ich mich mit einem verliebten Weibe stritt! — Ihr seyd seit Anbeginn der Welt der große Zankapfel gewesen, welcher zwischen Herz und Pflicht, zwischen Tugend und Edelmuth geworfen wurde.

Zorabine. Dein Eifer führt dich zu weit. Du sprichst leidenschaftlich, ich verzeihe dir, was du sprichst; ich liebe leidenschaftlich, verzeih mir, was ich dir zu sagen habe. — Die Liebe des Königs zu mir, war die Liebe eines Königs zu einer Sclavinn, wozu sie euer Kriegsrecht, nach eurer Meinung, gemacht hatte; er wollt ihr einen Purpurmantel umwerfen, um seiner Krone kein Aergerniß zu geben, wenn seine Sinnen be-

friebigt seyn wollten. — Oder weiß ich nicht, wie
die Regenten bey uns zu lieben pflegen?

Aschraf. Du solltest feine erste Gemahlinn seyn.

Zoradine. Seine erste Gemahlinn; ein stol-
zer Titel! — So lange er keine andere dieses Ran-
ges würdig hielt, seine erste, aber nie seine einzige, nie die, die ein ungetheiltes Herz be-
sitzt.

Aschraf. Was berechtigt dich, andere For-
berungen zu thun, als die Weiber unsers Landes
thun dürfen?

Zoradine. Dieses Herz. — Oder rechnest du
auch des Weibes Herz zu seinem Schmuck, damit
zu wechseln, ihn zu verändern, wie Laune und Sitte es wollen? Ihr habt hier sonderbare Meinun-
gen von dem weiblichen Geschlechte. Unser Gesicht,
unsern Wuchs, Fuß, Hand und Augen, wißt ihr
zu schätzen, aber ihr vergeßt, daß wir einen Schatz
besitzen, welcher sich nicht von Männern mit euern
Begriffen, schätzen läßt. Wenn ihr die Summe
eurer künstlichen Berechnung ziehlt, so fehlt euch ein
Hauptposten, unser Herz. (will gehen.)

Vierter Auftritt.

Vorige. Don Duarte.

Zoradine (bleibt Duarte fixirend, stehen.)
Duarte. (geht, sie betrachtend, auf Aschraf zu.)
Ist das —

Aschraf. Die Prinzessinn Zorabine.

Duarte (sieht zur Erde, dann gen Himmel, faltet Hände, und läßt seinen Blick wieder sinken.)

Zorabine (geht zurück, und naht sich ihm.) Bist du der Gesandte der Portugiesen?

Duarte. Der bin ich.

Zorabine (mit bebender Stimme.) Warst du nicht der Vater meines Francesko? — (zärtlich.) Warum willst du es nicht mehr seyn?

Duarte. Er hat mich und sich durch seine Handlung entehrt.

Zorabine. Entehrt die Liebe zu mir, so klage auch den König dieser uneblen Handlung an.

Duarte. Nicht seine Liebe zu dir, seine Verrätherey an seinem Herrn, sein treuloser Undank an seinem Wohlthäter, entehrte ihn.

Zorabine. Seinen Wohlthäter nennst du ihn? wollte der Mann ihm nicht sein Liebstes, mich, entreißen?

Duarte. Entreißen? hatte er mehr Recht auf deine Liebe als sein Herr, der dich und ihn so edel behandelte?

Zorabine. Er hatte es.

Duarte. Wer gab es ihm?

Zorabine. Seine Liebe, die meinige; sein Herz, das meinige; ich und der Himmel. — — Ist dir das nicht genug? was verlangst du mehr?

Duarte. Nichts! — (stolz) gar nichts!

Duarte. Du willst deinen einzigen Sohn aus deinem Herzen verbannen? kannst du es, oder gibst

du nur vor, es zu können? du selbst sprachst sein
Todesurtheil?

Duarte. Ich selbst.

Zorabine. Du willst ihn nicht mehr Sohn nennen? du bist grausam! — Wohl mir, daß ich dein
Kind nicht bin! — Du willst ihn nicht den letzten
Trost, den Besitz deiner Liebe, mit in das Grab
geben? er soll in Verzweiflung sterben? — Du
bist kein Vater! (nimmt seine und Aschrafs Hand)
Hier ist dein Freund. Der Mann wird deine
Weisheit loben, und du verlierst einen Sohn, den
er nicht verliert. Er wird dir sagen, daß es Männer gab, deren Herz noch gefühlloser war, als das
seinige, und daß man sie mit Bewunderung:
Weise nennt. Frag ihn, was die Menschheit
durch ihre Thaten gewann? er wird dir hundert
ihrer hinterlassenen Sentenzen vorsagen, und dir
ihre Begebenheiten erzählen; aber es wird nicht
eine darunter seyn, die deinen Augen eine einzige Thräne des innern Mitgefühls entlocken könnte.
Ich will dir auch ihre großen Handlungen erzählen: Sie suchten ihr Gefühl zu übertäuben, sie
hielten es für Schande, zärtliche Väter, theilneh-
mende Freunde zu seyn, und Liebe kam nie in ihr
unglückliches Herz. — So ein Mann ist dieser
Freund des Königs und der Weisheit. Er kannte
nie die Gefühle, die Freuden des Vaters, jede
Empfindung dieser Art war seinem Herzen fremd.

Duarte. Prinzessinn!

Zorabine. Sein Herz ist das Denkmahl deiner großen Handlung. Er errichtet es dir auf Unkosten deines unterdrückten Gefühls. Ein herrliches Denkmahl! vor welchem der Wanderer schaudernd vorüber gehen, und den Lauf seiner Thränen hemmen wird, bis er vorüber ist.

Duarte (sucht seine Empfindung zu verbergen.) Du thust mir Unrecht!

Zorabine. Ich dir Unrecht? so that es auch der Himmel, daß er dir einen Sohn gab, und dir dein gefühlloses Herz ließ.

Duarte. Besser, keinen Sohn, als einen ehrlosen Sohn zu haben.

Zorabine. Ehrlos? Francesko's Ehre ist unverletzt, ist rein wie sein edles Herz. Das, was ihr Ehre nennt, das Verbrechen, dessen ihr den Unglücklichen beschuldiget, nennt außer euch niemand so, dem warmes Blut in den Adern rollt. — Sein Verbrechen ist, daß er mich liebt, mich die ihr als Eigenthum des Königs anseht, der seine Wunden heilen ließ, der sein Leben rettete, um es ihn auf eine weit grausamere Art zu rauben. Aber wer machte mich zum Eigenthum des Königs? — Kein Mensch hat das Recht, über mein Herz zu gebiethen, als ich. Ich schenkte es Francesko, und er ist kein Verbrecher. — Du bist ein unglückseliger Mann! machst deinen eigenen Sohn zum Verbrecher, um den Höflingen ein Possenspiel voll Heroismus zu geben. Wie schlecht gehst du mit den Geschenken des Him-
mels

mels um, deren Werth du nicht erkennst! Klage
ihn an, daß er dir einen Sohn gab; er wird
dich anklagen, daß du so grausam warst, ihn zu
verstoßen. — — Francesko! keine Vaterthräne folgt
dir, aber ein Herz voll Liebe, eine Geliebte; das
Mädchen eines fremden Landes ist dein, im Leben
und im Tode!

(ab.)

Fünfter Auftritt.

Aschraf. Duarte.

Duarte (sucht seine Wehmuth zu unterdrücken.)
Warst du Vater? (mit zitterndem Tone.) Bist du es
noch?

Aschraf. Der eine meiner Söhne starb den Tod
für's Vaterland —

Duarte. Wohl ihm!

Aschraf. Er fiel in der Schlacht, in welcher dein
Sohn gefangen genommen wurde —

Duarte. Ach! wär doch auch er damahls den
Tod der Ehre gestorben!

Aschraf. Ich klagte nicht.

Duarte. Auch ich wollte nicht klagen. Seinen
Tod rächend, wollte ich mit dem Schwerdte an seinem Grabhügel niedersinken, und mein Leben in fro-
her Hoffnung verbluten, ihn bald wieder zu sehen.

Aschraf. Mein zweyter Sohn fiel durch das
Schwerdt der Gerechtigkeit, weil er Verrätherey

E

gegen seinen König beging. Ich dachte: besser, gar keinen Sohn zu haben, als so einen, und klagte nicht.

Duarte (fast ergrimmt.) Hörst du mich klagen?

Aschraf (geht umher.) Ich klagte nicht.

Duarte (schmerzhaft.) Hörst du mich klagen?
(Aschraf geht schweigend ab.)

Sechster Auftritt.

Duarte.

Es ist nicht wahr! er hat keinen Sohn verloren — es war sein Sohn nicht, die Mutter hat ihn betrogen! es war ein Sclavenkind, ein Bastart, nicht die Frucht einer unentweihten, heiligen Ehe, die man hier nicht kennt. — — Oder ist seine Philosophie so mächtig, so stark, daß sie wirklich Schmerz und väterliche Empfindungen aus seiner Seele reißen kann? Er soll mich sie lehren, ich will sein treuster Schüler seyn. (geht --- kehrt schnell um) Aber, welcher von uns beyden folgt der bessern Spur? Er, oder ich? Ist es besser, meinen Vaterempfindungen, oder seiner kalten Philosophie zu folgen? (nachdenkend) Gesetze der Natur — System der Philosophie —

Siebenter Auftritt.

Duarte. Ein Derwisch.

Derwisch (nähert sich ihm langsam, und betrachtet ihn.) Es ist nur ein Gott! er erbarmt sich der Menschen.

Duarte. Was suchst du?

Derwisch. Einen milden Geber.

Duarte (aufs Herz.) Man fordert so v i e l von mir! —

Derwisch. Ich fordre nicht mehr von dir, als das, was du mir gibst.

Duarte (in heftiger Bewegung.) Hast du keinen Vater gekannt, den man das Gefühl für seinen Sohn zu rauben suchte? lerne m i c h kennen, und du siehst ihn.

Derwisch. Bist du der Vater des jungen Francesko, dessen Schicksal man mir eben erzählte?

Duarte. Der bin ich, — O! daß ich es bin!

Derwisch. Schäme dich deines Sohnes nicht, Vater! du hast einen edlen, wohlthätigen Sohn. Er gab mir immer so reichlich, wenn er mich sah, daß ich vielen Armen davon mittheilen konnte, und ich hörte ihn so oft mit dankbarer Empfindung segnen. Ja, Vater, ich habe mit deines Sohnes Wohlthaten viele Thränen getrocknet. Gestern noch rettete ich mit seinem Gelde eine Familie aus Noth und Verzweiflung. Ich kam eben hierher, ihm den Dank der Geretteten zu bringen, und hörte sein Unglück.

War es doch, als gäb er mir zum letzten Mahle, so reichlich war es! — Der Krieg, den deine Nation mit unserm König führt, bedrückt das Land mit tausendfachen Lasten. Man riß einen Mann aus seiner Hütte, wo er arbeitend im Kreise seines Weibes und sechs unerzogener Kinder saß. Das Weib jammerte um ihren Mann, die Kinder schrieen nach ihrem Vater. Die Grausamen rissen ihn fort, und achteten nicht des Geschreyes der Unglücklichen. Er wurde auf den Waffenplatz geschleppt, mußte den Eid der Treue schwören, sollte muthig für König und Vaterland fechten, und wußte, daß ohne den kleinen Verdienst von seiner Handarbeit, seine Kinder verhungern mußten. — In dem ersten Gefecht verlor er die Hand, mit welcher er seinen Kindern Brot gereicht hatte. — Er kam in seine Hütte zurück, und und kannte kaum Weib und Kinder noch. Gleich Schatten, winselten sie um ihn herum, streckten ihre schwachen Händchen nach seiner verlornen Rechten aus, und lallten: Brot! Er hatte keins. Sie sammelten ihren letzten Athem zu der Bitte nach Brot. Er hatte keins. Sie röchelten mit dem Tode ringend: Brot! — „Großer Gott!" schrie er in völliger Verzweiflung, „gib mir Brot!" Die Kinder krümmten sich in Todesangst auf dem faulen Schilfe — den Jammer konnte er länger nicht ertragen. Verzweiflungsvoll rannte er nach dem Flusse, sein Leben zu enden, und stieß auf mich. Ich brachte ihn zurück, gab ihm, was ich hatte, und erzählt von deinem Sohne so viel, daß ich die ganze

Familie glücklich machen konnte. — Die Geretteten
wollen ihren Wohlthäter sehen, die Kinder stammeln
seinen Nahmen. — Ich wollte ihn hinführen, wollte ihm ein Schauspiel geben, welches sein Herz verdient; — wohin werde ich ihn nun begleiten müssen? Ich will Abschied von ihm nehmen, in eine
Wüste ziehen, und ein Einsiedler werden. (ergreift
seine Hand.) Ich fürchte, nicht leicht wieder auf einen Mann zu treffen, der ein Herz hat, wie dein
Sohn.

Duarte (Thränen im Auge.) Und diesem Sohne
wollen sie die letzte Wohlthat, die Thränen, den
verzeihenden Abschiedskuß seines Vaters, entziehen!

Derwisch. Die Menschen klagen immer ihre
Brüder an, wenn es auf unterlassene Ausübung
gefühlvoller Pflichten ankömmt. Prüfe dich selbst,
ob du nicht in gleichem Falle bist.

Duarte (ängstlich.) Ich habe meinen Sohn von
mir gestoßen! —

Derwisch. Nenne dich nicht mehr Vater!

Duarte (zitternd.) Ich habe ihm meinen Fluch
gegeben! —

Derwisch. Ich verlange keine Gabe von dir.
(Will gehen.)

Duarte. Wohin? (ängstlich ihn zurückhaltend.)
Willst du mich verfluchen?

Derwisch. Bethen will ich für Francesko, und
alle (weinend) sollen ihr Gebeth mit dem meinigen
vereinen, welche von seinen Wohlthaten erquickt
wurden.

Duarte. Ach! bleib! Mann! — heiliger
Mann! Du bist mein guter Engel, ich lasse dich
nicht von mir! (umarmt ihn) Ich widerrufe meinen
Fluch, ich will meinen Sohn segnen. Ich will ihn
väterlich an meine Brust drücken, ich will ihn wieder
Sohn nennen; — dann sterbe er —

Derwisch. Kannst du ihn nicht retten?

Duarte. Verbindlichkeiten gegen Könige mag ich
nicht haben, wenn ich auf Unkosten meines Vaterlandes, und meines eigenen Herrn, spielen müßte.
Ich könnte sein Leben vom Könige erbittet — er
würde es ihm schenken. Aber ich bin hier, Verträge,
Verbindungen mit ihm zu errichten; welchen Gegen-
bedingungen müßte ich mich auf Kosten meiner Ehre, meiner Pflicht, und meiner Nation, unterwer-
fen? Ich wär ein treuloser Diener meines Königs
und meines Vaterlandes, ging ich sie ein; ich wär
ein Undankbarer, ging ich sie nicht ein.

Derwisch. Edler Mann! und du konntest dein
Herz so sehr verläugnen?

Duarte. Die schreckliche Lage, in der ich mich
befand — meine so schändlich vereitelten guten Absichten, die ich hatte — dieß zwang mich, Unge-
rechtigkeiten zu begehen, die ich wieder gut machen
will. Das kalte Raisonnement des Höflings — mein
Stolz — meine Pflicht — o! forsche nicht nach den
Quellen meiner Hartherzigkeit, sie sollen alle versie-
gen. Du warst gesandt, mich auf den rechten Weg
zu leiten. Hier! (gibt ihm eine Börse.)

Derwisch. Es ist zu viel!

Duarte. Kann ich dich mit elendem Golde belohnen? — Spende aus, was ich dir gab, und
hast du alles ausgetheilt, so komm wieder, du sollst
mehr haben. Ich bin reich genug, Tausende zu
beglücken. Ich habe keine Erben mehr. Nothleiden-
de sollen meine Kinder seyn. Ich will geben, bis
ich nichts mehr habe. Dann bleibt mir doch noch
ein freundschaftlicher Händedruck für einen Freund,
der mir die Augen schließen kann. — Ich eile zu
meinem Sohne. — Heiliger Mann! bethe für ihn
in der Stunde seines Todes. Du hast mein Herz
gewendet — du machst, daß ich ruhig meiner To-
desstunde entgegen sehe. — Dort! (gen Himmel bli-
ckend, und seine Hand mit der Hand des Derwisches dahin erhebend.) — Dort fordere ich selbst dereinst deine
Belohnung. — Gottes Segen über dir! (ab.)

Achter Auftritt.

Derwisch.

Leite den Menschen auf den Weg einer guten
Handlung, und tausend gute Thaten werden
deine Müh belohnen. — Dieses Gold! wie viele
Menschen soll es vom Hunger und Elende retten,
die jetzt unter der Last der Kriegsschatzungen erlie-
gen! Mit der Unterstützung eines Feindes helfe ich
seinen nothleidenden Feinden auf. Er gibt wieder,
was seine Brüder rauben. (fällt nieder) Es ist nur
ein Gott! und er erbarmt sich des Staubes.
(fällt auf sein Gesicht.)

Fünfter Aufzug.

Kleines Zimmer.

Erster Auftritt.

Francesko. Derwisch.

Derwisch geht. --- An der Thür kehrt er um, kömmt zurück, und umarmt ihn.

Die letzte Umarmung hienieden! --- Im Nahmen aller Unglücklichen, die du aus Elend und Verzweiflung gerettet hast.

Francesko. Verlaß mich! ich ertrag' es nicht! --- Bald führt man mich zum Tode, und ich sterbe wie ein Missethäter ---

Derwisch (wischt die Augen.) Stirbst du mit der Stärke deiner edlen Seele, so stirbst du auch unter dem Schwerdte des Henkers, als ein edler Mann! (umarmt ihn) Es ist genug.

(ab.)

Zweyter Auftritt.

Francesko geht nachdenkend umher.

Ich liebte Brianden — Familieninteresse riß sie
von mir. — Ich ging verzweiflungsvoll übers Meer
— kein wohlthätiger Sturm zerbrach mein Schiff.
— Ich suchte den Tod in Gefechten, und wurde
von Feinden zu meiner Schmach gerettet, ohne deren unerbethene Hülfe ich mein Leben ehrenvoll auf
dem Schlachtfelde verblutet hätte. — Ich liebe
Zoradinen — diese Liebe führt mich dem Henker
schwerdte entgegen. Mein Vater könnte mich retten — die Pflicht gegen seinen König verbiethet
ihn, mein Leben zu erbitten. — So spielte das
Schicksal mit mir! — Brianden wird der Gram
tödten, Zoradine stirbt mit mir, mein Vater wird
von Leid und Kummer ins Grab gedrückt, und des
Königs Wille ist befriedigt!

Dritter Auftritt.

Francesko. Rinaldo.

Rinaldo. Freund!
Francesko. Du bist so bestürzt? Du zitterst?
Rinaldo. Die Freude —
Francesko. Freude? wie könnte auch nur ein
Strahl der Freude hierher bringen?
Rinaldo (führt ihn vor, und sieht sich besorgt um.)
Du bist gerettet.

Francesko. Gerettet?

Rinaldo. Es ist alles zu deiner Flucht von mir veranstaltet worden.

Francesko. Flucht? — — Ich fliehe nicht! — Fliehen sollte ich, und meinen Vater, von dessen Versöhnungsküssen noch diese Lippen glühen, in Gefahr zurücklassen?

Rinaldo. Besorge nichts! Vierhundert Portugiesen, denen allen bey dem Worte Kampf das Herz höher schlägt, stehen unter Waffen in der Nähe, schrecklich jede Gewaltthätigkeit zu rächen. —

Francesko. Doch nur zu rächen, nicht zu verhindern. Soll der Vater für den Sohn sterben, und dieser Vatermörder als ein Gebrandmarkter, sein Leben einer feigen Flucht verdanken? — Nein! — ich fliehe nicht! — Dein Rath ist der Rath der besorgten Freundschaft, aber nicht der pflichtmäßigen Ueberlegung. Ich danke dir für jenen mit diesem Kusse, über den andern, bitte ich dich, nachzudenken. — Du bist bestürzt? glaubst du dich verkannt? nein! das bist du wahrlich nicht! — Es ist nur ein Weg übrig, den mir die Freundschaft mit Ehren zu meiner Rettung zeigen kann.

Rinaldo. Nenne ihn mir —

Francesko. Stoß mich nieder, daß ich von der Hand eines Edlen, und nicht von der Faust eines königlichen Henkers sterbe.

Rinaldo. Francesko!

Francesko. Du entfärbst dich?

Rinaldo. Man wird mich für einen Meuchel-
mörder halten —

Francesko (nachdenkend.) Wohl möglich! —
Diese Besorgniß ist zu heben. Ich gebe dir ein
schriftliches Zeugniß meiner Forderung an dich.
(setzt sich zu schreiben) Oder — (steht auf) Hast du
keinen Dolch bey dir? gib ihn mir, und verlaß mich.

Rinaldo. Ich habe keinen Dolch —

Francesko. Wenn du mit mir auf dem Schlachtfelde wärst; ich läg ohne Rettung halb lebend noch
da, und es kämen Barbaren, welche mich unmensch-
lich behandeln wollten — was würdest du thun?

Rinaldo. Dein Leben ihren Martern zu entreißen suchen —

Francesko. Und —?

Rinaldo. Fechtend für dich sterben, ehe ich zu-
gäb —

Francesko. Pfui! Dein Leben müßtest du
um die wenigen Augenblicke des meinigen nicht verlieren, aber mich doch den Händen der Feinde entreißen. Ein einziger Stoß, ich wär gerettet, und
dein König verlör statt e i n e n, nicht z w e y Krieger. — Dieß ist der Fall auch jetzt. (setzt sich und
schreibt.)

Rinaldo. (geht in heftiger Bewegung umher.) Wie?
ich zittere? — (fühlt an das Herz.) Das ist der
Schlag der Entschließung, und des Muthes. — Ha!
(mit rollenden Augen) Kato's Weihgesang!

Francesko (steht auf, und gibt ihm den Brief.)
Hier ist deine Rechtfertigung.

Rinaldo (steckt sie zu sich.) Leb wohl! (umarmt und küßt ihn.) Zum letzten Mahl in den Armen deines Freundes —!

Francesko. Leb wohl! — und kannst du Zorabinen retten, so tröste sie über meinen Verlust.

Rinaldo (zieht sein Schwerdt.) Es ist beschlossen —!

Francesko. Die Nachwelt wird deinen Nahmen mit Ehrfurcht nennen, und wo ein Paar Freunde traulich zusammen gehn, wird einer dem andern schwören: „treu zu seyn, wie Rinaldo seinem Freunde Francesko!"

Rinaldo. Treu seinem Freunde Francesko!
(will in sein Schwerdt fallen.)

Francesko (reißt ihn zurück, und hebt das Schwerdt auf.) Rinaldo! was willst du thun —?

Rinaldo. Retten meine Ehre, beweisen meine Freundschaft!

Francesko. Nein! du sollst nicht sterben!

Rinaldo. Was soll ich thun? von meiner Hand kannst du nicht sterben!

Francesko. Du bist deines Versprechens entlassen —

Rinaldo. O! daß du mich wieder verkennen mußt! —

Francesko. Nicht doch, Rinaldo!

Rinaldo. Zeig mir nur einen Ausweg, dich nicht zu kränken, deine Freundschaft zu verdienen —

Francesko. Sag allen, die mich kennen, Francesko starb, ohne die Stärke seiner Seele zu verlieren.

(will sich durchbohren.)

Rinaldo (fällt ihn in den Arm.) Francesko!

Vierter Auftritt.

Vorige. Khoja.

Khoja. Francesko! dein Vater will dich sprechen!

Francesko. Noch einmahl? (wirft das Schwerdt weg.) O! mein Vater! um einen Kuß von dir, erdulde ich die Schmerzen eines qualvollen Lebens, noch tausend lange Stunden!

(ab — Khoja folgt ihm.)

Rinaldo. (hebt sein Schwerdt auf, und wirft es unwillig in die Scheide.) Kein Gedanke reift mir zur Vollkommenheit. — Bin ich nach Indien gekommen, bloß um einen Freund nach dem Blutgerüste zu begleiten? — Nein! beschlossen ist es! — Francesko stirbt, und Saffar fällt durch dieses Schwerdt.

(ab.)

Fünfter Auftritt.

Saal.

Gaffar. Zofar.

Gaffar. Aschraf, sagst du?

Zofar. Aschraf!

Gaffar. Ergreift ihn! verhindert seine Flucht, führt ihn mit Gewalt hierher.

(Zofar ab.)

Gaffar. Verlassen will er mich? mich verlassen, da ich jetzt so unruhig bey dem schrecklichen Augenblicke der Entwickelung stehe? das ist treulos! Was thu ich Böses? gebrauche ich Zwang? — laß ich ihr nicht die Wahl? spricht nicht Francesko's Urtheil sein Vater selbst? — Wohl! aber willig? ohne innere Abneigung gegen meine Grausamkeit? — O! Liebe! Liebe! in welches Labirint hast du mich geführt!

Sechster Auftritt.

Gaffar. Aschraf.

Aschraf. Mit Gewalt läßt du mich zu dir führen.

Gaffar. Wolltest du nicht entfliehen?

Aschraf. Das wollte ich, um kein Zeuge bei der Verbrechen zu seyn.

Gaffar (fährt nach dem Säbel.) Verwegner!

Aſchraf. Hier iſt mein Kopf, mein Herz nehme ich in eine Welt mit mir, wo ich ſo glücklich ſeyn werde, dich nicht wiederzuſehen. Deinesgleichen geht keiner in die Wohnungen der Seligen ein, wo nur gute Thaten belohnt werden.

Gaffar. Wohl dir, daß du mit mir ſprichſt!

Aſchraf. Wehe dir, daß ich ſo mit dir ſprechen muß! — Wenn es meinem Schickſale gefällt, und dir, ſo lange ich noch in deiner Gewalt bin, gehe ich unerſchrocken dem Tode entgegen, und nehme ein Bewußtſeyn mit mir, das mir kein König rauben kann. Aber du wirſt bleich und zitternd an der Pforte des Todes ſtehen, den Scheideweg erblickend, den die Rechtſchaffenheit bewacht, der du dich ohne Gewiſſensangſt nicht nahen kannſt, ſie zu bitten, dich den Pfad zu führen, wo du deinen treuen Aſchraf wieder findeſt. In der Angſt deiner Seele wirſt du vergebens meinen Nahmen nennen. Dort, wo du ihn nennſt, kennt man mich und meinen Nahmen nicht. — Ich muß dich verlaſſen, um dich nie wieder zu ſehen. Mache mich nicht zum Zeugen deiner Schande, laß mich nicht wiſſen, was du begehen wirſt. In der Einſamkeit will ich mein Leben beſchließen, trauern um die ſchöne Blume, die duftend unter meinen Händen entblühte, und die ganze Gegend mit paradieſiſchen Wohlgerüchen erfüllte. Ein giftiger Wurm zerſtörte ihre Schöne, ihre Blätter fielen ab; der Wurm erhob ſein abſcheuliches Haupt ſiegreich, und der Wanderer ſcheut ſich, die Stätte zu betreten, wo ihr Stengel fault.

Ich will sie nicht welken, ich mag sie nicht faulen sehen! (geht.)

Saffar (rasch.) Aschraf! (gerührt) Treuer Gärtner! warte die Blume ferner, und der Wurm wird sich ihr nicht nahen.

Aschraf (halb in Thränen.) Du wolltest —

Saffar. Ich will zurückkehren —

Aschraf. Der Himmel segne dich! Diese Thränen, die auf meinen grauen Wimpern zittern, sind Perlen in dein Diadem, das dir Nachruhm und Unsterblichkeit flechten werden. O! mein König und Herr! du hast mir eine selige Stunde gewährt! laß mich sterben! so glücklich kann ich nie wieder auf Erden seyn!

Saffar. Aschraf! (umarmt ihn) Der Tod eines Edlen nach einer edlen Handlung ist ja die schönste Belohnung der Tugend; nicht?

Aschraf. Was willst du damit sagen?

Saffar. Nichts! — nichts, als daß auch ich mich einem glücklichen Augenblicke meiner Vollendung zu nähern wünsche.

Aschraf. Lange mußt du leben, um Menschen zu beglücken, die dich liebend segnen werden.

Saffar. Geh! rufe sie alle herbey, daß ich sie glücklich sehe, ehe wir scheiden.

Aschraf. Scheiden?

Saffar. Ehe sie von mir gehen. — Jetzt mehr als jemahls fühle ich, daß Tugend mit Augenblicken wuchert, daß Seligkeit hienieden die Frucht edelmüthiger Entschließungen ist! (ab.)

Siebenter Auftritt.

Aschraf sieht ihm nach.

Was soll diese geheimnißvolle Sprache? wozu diese räthselhaften Reden? — So sind sie alle, diese edlen Herzen. Augenblicke bemächtigen sich ihrer Schwärmerey, die Saiten zittern harmonisch bey der leisesten Berührung, und diese innere Rührung, geht in feste Beständigkeit über — O! daß ich diesen Sieg seinem Herzen abgewonnen habe! — Wahrheit und Rechtschaffenheit, führen ein unverkennbares Siegel, stempeln mit der Allgewalt ihres Zaubers die Worte, welchen kein edles Herz entflieht.

Achter Auftritt.

Aschraf. Zorabine. Francesko.

Aschraf. Seyd ruhig!

Francesko. Ich bin ruhig, ausgesöhnt mit meinem Vater —

Zorabine. Geliebt von Zorabinen!

Francesko. Es wird mir nicht an Thränen fehlen, die meinen Grabhügel befeuchten. — Nichts mehr ist mir zu wünschen übrig. Ruhig blicke ich selbst dem grausamsten Tode entgegen.

Aschraf. Gerecht ist der König!

Zorabine. Ewig meine Liebe!

Francesko (umarmt sie.) O! meine Zorabine!

F

Zoradine. Unerschütterlich ist meine Treue, auch in Todesgefahr.

Neunter Auftritt.

Vorige. Saffar von der einen, **Duarte,**
Rinaldo von der andern Seite.

Francesko. Mein Vater!

Duarte. Mein Sohn!

Francesko. O! dieser Zaubernahme stählt mein Herz zweyfach gegen alle Schrecken des Todes! nur einmahl noch, mein Vater, laß mich an deinem Busen ruhen. ——

Duarte (umart ihn.) Theurer, einziger Sohn!
(küßt ihn.)

Francesko. Dieser väterliche Kuß sey mein Gefährte auf dem Wege, dem ich entgegen eile; ein Unterpfand der Vergebung bey der Scheidewand des Lebens!

Zoradine. Vater meines Francesko! hat deine Liebe kein Unterpfand für die glückliche Begleiterin deines Sohnes?

Duarte. Ja, Prinzessinn! (schließt sie in seinen Arm.) dein Vater (küßt sie) konnte dich inniger nicht an seine Brust drücken, als der Vater deines Geliebten dich an die seinige drückt. Unglücksbraut! mein Segen begleite dich, (drückt sie beyde an seine Brust) Zum letzten Mahl! — Wir sehen uns bald wieder. Ich fühle es! Bald ——

bald komme ich euch nach! — Lebt wohl! — geht euern Weg!

(macht sich los.)

Aschraf (späht nach den Bewegungen Saffars.)

Saffar (steht mit innerm Kampfe da — greift unwillkührlich nach dem Dolche — zieht die Hand langsam ab, und will eben reden.)

Rinaldo (nähert sich dem Könige.)

Zoradine und Francesko (umarmen sich, und wollen nach der Thür.)

Zehnter Auftritt.

Vorige. Brianda eilt zerstört herein.

Brianda (hält Francesko und Zoradinen zurück.) Ihr seyd gerettet! (wirft sich vor Saffarn nieder.) Hier ist der Preis, den du für Franceskos Leben bestimmtest. — Ich bin dein!

Saffar (erschüttert und entzückt, hebt sie auf.) Brianda! darf ich deinen Worten trauen?

Brianda (mit wildrollenden Augen.) Francesko: du bist frey. Zoradine, umarme mich! verzeih dem Mädchen, dessen Aufopferung mehr vermochte als die deinige. Wähne aber nicht, deine Liebe sey allein stark.

Zoradine (umarmt sie.) Brianda!

Brianda. Francesko! hier ist das Siegel deiner Treue zurück. — (küßt ihn.) Es ist der letzte Kuß, den du von diesen Lippen empfängst.

Francesko (wehmüthig.) Um welchen Preis!

Saffar. Brianda! (ergreift ihre Hand) dein Entschluß hat mir das Leben gerettet.

Aschraf. Ha! meine Ahndungen! — Du wolltest —

Saffar. Sterben. — Sieh es war beschlossen, Francesko zu verzeihen, und mit dieser wonnevollen Scene mein Leben zu beschließen. Ich wär unter euch allen allein unglücklich gewesen, denn meiner Liebe zu dir zu entsagen, stand nicht mehr in meiner Gewalt. Edle Thaten, dachte ich, reifen in Augenblicken, und es muß keine Zeit übrig bleiben, anderes Sinnes zu werden. Deine Liebe schenkt mir das Leben. — Umarmt mich, Freunde — umarmt den Glücklichen! — Habt ihr keine Sprache, keine Freude für mich, da ich so glücklich bin?

Brianda. Freut euch seines Glücks nicht. Eure Freude wär ein Morgentraum.

Saffar. Hast du mich getäuscht?

Brianda. Ich bin dein!

Saffar. Und ich nicht glücklich?

Brianda. Konnte ich meinem Herzen gebiethen, den Gegenstand seiner Liebe zu wechseln? Francesko's Leben war in Gefahr. Sein Vater wollte es nicht einmahl erbitten, Zorabinens Aufopferung verschmähtest du. Mich wolltest du besitzen. Dieß war der Preis, um welchen das theure Leben des Geliebten zu erkaufen war. Die Portugiesinnen verachten ihr eigenes Leben, um das Leben ihres

Treugeliebten zu retten. Tausende thaten mehr,
als ich that. (Gibt Saffarn die Hand.)

Saffar (nimmt sie nicht.) Keine Hand ohne
Herz! Kannst du mich nicht lieben, so bleibe
Francesko frey, weil ich mein Wort gab, und
deine Aufopferung, so ein elender Gewinn für ein
liebendes Herz, wie das meinige, verlange ich
nicht. — Folge dem Rufe deines Herzens —

Brianda. Es ist zu spät!

Saffar. Zu spät!

Brianda. Leben, ohne den Besitz meines Francesko, will und kann ich nicht — ihn zu retten,
wagte ich — Gott! wie wird mir!

(Sinkt auf eine Ottomanne.)

Francesko. Brianda! was ist dir?

Brianda. Ich habe Gift genommen.

Francesko. Gift? —

Duarte. Gerechter Gott!

Saffar (außer sich.) Gift? (zitternd und gerührt)
Edle Seele! du trautest meinem Herzen nicht! —
ach! ich liebe dich so unaussprechlich —

Brianda. Francesko! (reicht ihm ihre Hand) Treu
ist Brianda gestorben — stark war meine Liebe, bis
in den Tod —

Francesko. Und ich soll leben?

(Stürzt vor ihr nieder, ergreift ihre Hand, und
verbirgt sein Gesicht an ihrer Seite.)

Brianda. Mache Zoradinen glücklich — er-
fülle die Pflichten gegen Vater und Vaterland —

Saffar. Glaubt ihr, die ihr eure Blicke staunend mit Verachtung auf mich richtet, daß nur wilde Leidenschaft ohne edle Liebe den schreckbaren Schleyer über meine Handlungen breitete, so betriegt ihr euch. Meine Liebe war kein trügerisches Irrlicht ungezähmter Leidenschaften eines ausgearteten Herzens. Francesko raubte mir Zoradinen, ihm habe ich verziehen. — Ich raubte nicht, ich bath, ich flehte um Briandens Liebe.

Aschraf. Sey ein Mann!

Saffar. Seyd gerecht, und beschuldiget mich nicht, daß ich schuld an ihrem Tode bin. — Die Größe ihrer Liebe zu dir, Francesko, verdient unsre Bewunderung, und ihre Asche ein königliches Monument. — Nie werde ich dich vergessen, schönes Opfer der reinsten Liebe! Diese traurige Geschichte hat sich mit unauslöschbaren Zügen in mein Herz gegraben. Dein Tod sey der Spiegel meines Lebens. Halte ihn mir vor, treuer Aschraf, wenn die böse Stunde der Leidenschaften mich zu beschleichen droht! — (zu Francesko und Zoradinen) Seyd glücklich! und dieß sey auch der Zuruf an mein Volk, dessen Liebe das Kleinod seyn soll, nach welchem ich ringe.